啊！那往昔
幸福的幻想

——莱蒙托夫诗选

[俄] 莱蒙托夫 著　顾蕴璞 译

海豚出版社
DOLPHIN BOOKS
中国国际出版集团

图书在版编目（CIP）数据

啊！那往昔幸福的幻想：莱蒙托夫诗选 / (俄罗斯)
莱蒙托夫著；顾蕴璞译. -- 北京：海豚出版社，
2019.8

ISBN 978-7-5110-4342-9

Ⅰ.①啊… Ⅱ.①莱… ②顾… Ⅲ.①诗集 - 俄罗斯
- 近代 Ⅳ.①I512.24

中国版本图书馆CIP数据核字(2019)第002778号

啊！那往昔幸福的幻想——莱蒙托夫诗选

[俄]莱蒙托夫　著　　　顾蕴璞　译

出 版 人	王　磊	
责任编辑	梅秋慧　郭雨欣　李文静	
特约编辑	诸　菁	
装帧设计	刘　颖	
责任印制	于浩杰　蔡　丽	
出　　版	海豚出版社	
地　　址	北京市西城区百万庄大街24号	
邮　　编	100037	
电　　话	010-68325006（销售） 010-68996147（总编室）	
印　　刷	北京彩虹伟业印刷有限公司	
经　　销	新华书店及网络书店	
开　　本	787mm×1092mm　1/32	
印　　张	15.75	
字　　数	262千字	
版　　次	2019年8月第1版　2019年8月第1次印刷	
标准书号	ISBN 978-7-5110-4342-9	
定　　价	62.00元	

译者序 [①]

古往今来，在众星争辉的诗的星空中，只有屈指可数的星斗闪射出耀眼的光芒，十九世纪三四十年代俄罗斯伟大诗人莱蒙托夫，就是这样一颗放着异彩的巨星。

莱蒙托夫（1814—1841）只活了 27 岁，生前始终是个青年诗人，但他是不朽的，他比许多白发苍苍的老诗人活得更久长，他死后一个半世纪以来，世界上知道他名字的人越来越多。莱蒙托夫的诗歌天才，由于他过早地离开人世而没有得到充分施展，成为一曲没有唱完的歌，但他所留下的文学遗产，就足以显示他的思想深度和艺术高度了。

沙皇尼古拉一世镇压十二月党人起义的枪声，惊醒了包括莱蒙托夫在内的整整一代人，而作为这一代人的杰出代表，他又被沙皇走卒致普希金于死命的枪声进一步唤醒，于是他那火山般的胸中迸发出了愤怒的岩浆，他那忧国忧民的

---

① 本文原载《外国文学研究》1981 年第 3 期。本序为原文前半部分节选。

心底喷吐出了反对沙皇专制和农奴制度的时代最强音：

你们即使倾尽全身的污血，

也洗不净诗人正义的血痕！

——《诗人之死》

这首字字惊心、声声动魄，充满复仇呼声的抒情诗杰作《诗人之死》，像一柄寒光闪闪的利剑，直刺进杀害普希金的凶手及其上流社会的幕后策划者的心脏，危及他们的总后台沙皇尼古拉一世的整个专制统治。《诗人之死》因唱出了人民的心声而使莱蒙托夫一举成名，但同时，诗人也因此触怒了沙皇尼古拉一世而立即被捕并遭流放，遭受长达四年的迫害，直至落得个与普希金同样悲惨的结局。真是祸殃与荣誉齐来，荆冠与桂冠同戴。但是莱蒙托夫奋勇地担当起历史落到自己身上的重任，以"明知山有虎，偏向虎山行"的大无畏气概，继承十二月党人和普希金未竟的争取自由的神圣事业，在普希金死后四年多一点的时间里，写下了浪漫主义诗歌杰作《恶魔》《童僧》，史诗《沙皇伊凡·瓦西里耶维奇……之歌》，开俄罗斯心理小说之先河的不朽的长篇小说《当代英雄》，以及思想、艺术均攀俄罗斯诗歌高峰的大量抒情诗等各类优秀作品。在屡遭沙皇当局（沙皇甚至还亲自插手）迫害并被两度流放到高加索前线去送死的恶劣条件下，诗人不顾个人安危，写出了这么多"犯上作乱"的作品，这正是诗人非凡的品格的一种生动的体现。

《诗人之死》是莱蒙托夫的成名作，但这不是他创作的起点，在写出《诗人之死》以前，他已默默无闻地在这一"立意在反抗，指归在动作"（鲁迅语）的创作途程中跋涉了近十个春秋，写下了三百多首抒情诗、十四首长诗、五个剧本以及几部未写完的小说。莱蒙托夫走上这条创作道路，从不去考虑将获得什么名声，只是在非写不可的创作冲动下倾吐自己的爱憎。《诗人之死》的问世，既是顺应历史潮流的产物，也是艺术上长期锤炼、水到渠成的结果。对诗人来说，悲愤交加的心情压倒了一切，无名可求，即使有，也仅是厄运临头的不祥之兆；无利可逐，根本谈不上出版，只能以手抄本流传。甚至当莱蒙托夫成了誉满全俄罗斯的诗人以后，他对自己的作品仍严格要求，绝不让一丝名利观念玷污他神圣的创作事业。他生前自己选编了一本诗集，从四百首抒情诗中仅选了二十六首，二十多部长诗中仅纳入两首，这在一般名作家来说恐怕是不可思议的。但这恰恰也是诗人品格的非凡之处。

莱蒙托夫身为禁卫军骠骑兵团骑兵少尉而能反叛沙皇，在上流社会的长期耳濡目染下仍能无情揭露它的虚伪和冷酷，这在当时是难能可贵的，这与其一段特殊的生活经历和坎坷遭遇有关。他于1814年10月15日出生在莫斯科一个门第不高的退休军官（大尉）家庭。出世后几个月即被带到外祖母家养育。外祖母是个出身于名门望族斯托雷平家族的大地主，与上流社会有着千丝万缕的联系。莱蒙托夫3岁丧母后，外祖母就迫使他与父亲生离死别，想把他永远留在自己身边。这给诗人幼小的心灵蒙上了悲剧的阴影。外祖母虐待农奴的残酷行径，更使莱蒙托夫过早地目睹了人间的不平，亲戚中流传的关于波罗金诺战役和十二月党人的回忆，庄园里关于拉辛、普加乔夫等"伏尔加河两岸的强盗"的传说，在诗人童稚的心中激起一种对自由的憧憬。外祖母为他创设的优越的家庭教育条件，莫斯科大学附设贵族寄宿中学的人文熏陶，莫斯科大学以赫尔岑、别林斯基等人为代表的进步思潮，给了诗人从文化和政治两方面接受进步影响的渠道。但这是外因，起决定作用的还是内因，莱蒙托夫对理想的执着追求，品质的正直纯真，使他从内心深处鄙视上流社会的冷酷虚伪和同时代人的苟且偷生，从而形成了一种孤傲的性格。这种性格虽然有其远离人民的阶级局限性，但毕竟是一种使诗人出污泥而不染的精神力量。应该说这是莱蒙托夫品格的又一非凡之处。

莱蒙托夫气度不凡的人格产生了他作品的独树一帜的风格。莱蒙托夫是伟大的诗人，又是杰出的小说家和戏剧家，但无论是小说还是剧本，都明显地洋溢着他的诗人气质和诗歌天才，例如他的代表作之一《当代英雄》，就显示了高超的情景交融的技巧，充满了诗情画意。作为诗人的莱蒙托夫，受拜伦和普希金的影响而不落拜伦或普希金的窠臼，他独辟蹊径，谱写出了震人心魄的悲吟与怒号相交织的时代乐章。

顾蕴璞

目录

浪漫诗

英雄诗

爱情诗

致纳·费·伊（万诺娃）①

我打开生命的开篇，

就喜欢郁郁地独处，

整个儿躲藏进自身，

怕一旦忧思掩不住，

会引起人们的怜悯；

自己都不解的事情，

幸运儿也未必理解，

何况相聚时的欢快、

---

① 这虽是诗人写给伊万诺娃（1813—1875）的，但由于她本人的
请求，此诗于1859年在《祖国纪事》上首次面世时把诗题中的
"纳·费·伊……"改成了"米·费·米……"，因此，长期以来
人们无从确定这首诗的写作背景。直到本世纪研究家们才考证这首
诗是写给纳塔莉亚·费奥多罗夫娜·伊万诺娃的"伊万诺娃组诗"
的第一首。诗人与伊万诺娃的爱情悲剧反映在多首抒情诗和剧本
《怪人》中。

接吻的热情的火焰
都无法将忧思排遣。

我想拿我的诗章
表达我模糊的愿望，
叫你读了这行诗
劝我对人们容忍，
劝我不再热情激荡。

但你安详纯洁的明眸
惊呆呆地注视着我。
你摇了摇头对我说：
我的心智害了病，
受虚妄心愿的迷惑。

我竟听信了你的话，
深深地潜入心底，
但在那里我断定：
我的心智非为琐事
才想望隐秘的事情。

才想望群星闪烁的
夜空给我们做保的事情，
才想望上苍许诺的
经过岁月和思忖
才能明白的事情。

但炽烈而严峻的性格
一离摇篮就把我啮咬……
生平只饱尝恶的苦味，
但至此也不会知晓
忧郁心事何时能了。

（1830 年）

致苏（什科娃）①

我在你身边一直到如今，

并未听见火在胸中燃烧，

无论遇不遇见你美妙的目光——

心儿从没在我胸中跃跳。

怎么回事儿？——别离的第一声

却使我的心儿突突跳；

不，它不是痛苦的预兆；

我并不爱你——隐瞒无必要！

---

① 这是诗人献给女友叶卡捷琳娜·亚历山德罗夫娜·苏什科娃（1812—1868）的"苏什科娃组诗"的第一首，写于莱蒙托夫即将离开谢德尼科沃去莫斯科入莫斯科大学的前夕。苏什科娃在《札记》中这样回忆道："在离别前一天，我跟萨申卡坐在花园里，米舍尔（指莱蒙托夫）朝我们走来……交谈几句话后，便突然急忙走开……我……看见自己脚旁有一张很漂亮的纸……这就是莱蒙托夫用如此新颖的方式交给我的最早的诗章。"

然而我还想在这里留滞，

哪怕一天，哪怕一小时，

为了你奇妙明眸的闪光，

我把这心儿的不安克制。

（1830 年）

谢谢你！ ^①

感谢你！昨天你没有发笑，

竟接受了我的诗和我的表白；

虽然你对我的激情并不理解，

但为了你装出的对我的青睐，

谢谢你！

你在别的地方就曾使我迷恋，

那美妙的目光和锋利的谈吐，

都将永远地铭刻在我的心中，

但我不希望你将会对我说出：

谢谢你！

---

① 这首诗是献给苏什科娃的。诗人用辛酸的讽刺委婉地吐露自己的爱得不到反响的苦楚。一连重复四次的叠句"谢谢你！"在最后一个诗节中尤其表现出莱蒙托夫的格调：宁肯要无望而明晰的真理，也不要"希望和幻想"。

8

但有人竟拾起一块石头，
放在他那伸出的掌心。

我也似这样祈求你的爱，
满怀惆怅，泪流满面；
我的那些美好的情感，
也这样永远为你所骗！

（1830 年）

萨拉托夫的瘟疫 [1]

一

瘟疫来到我们这地方；

虽然恐怖充塞在心内，

但在千百万死尸当中，

有一具对我十分珍贵。

无人愿把它还给大地，

十字架不忍心给遮阴；

焚烧它的那一团烈焰

使我的心儿冷冽似水。

---

[1] 这首诗的时代背景是伏尔加河下游地区瘟疫流行。诗中充满了关于他对当时最心爱的女人命运的遐想，有人猜测这个人就是苏什科娃。1830 年底以前，诗人还曾两次回到瘟疫的主题上来（见《瘟疫》《死亡》）。

二

任谁也无法去碰一碰她，

以便宽慰她弥留的时刻；

女魔法师的双唇也不能

招引别人的眼投来一瞥；

假如我吸入死亡的毒液，

吻它们我便会幸福无量，

因为一饮而尽它的琼浆……

我一度曾把姑娘遗忘。

（1830 年）

13

斯坦司 [1]

一

看，我的目光多安详，

纵然我那颗命运之星，

很久以来已黯淡无光，

韶光的回忆也模糊不清。

在你面前多次夺眶而出的

泪水不会再涌上我眼来，

就像命运为了跟我开玩笑

而安排的时辰不会再安排。

---

[1] 这首诗是为苏什科娃而写，诗中流露出嫉妒和失望的情绪。苏什科娃于 1860 年曾将此诗纳入自己的回忆录之中。这是"苏什科娃组诗"十余首诗中的一首。莱蒙托夫一共写过六首叫《斯坦司》的诗，这是其中之一。斯坦司是一种分成几个各由一个复合句构成的四行诗的诗节的诗体。诗中通过三个新颖巧妙的比喻和精炼的语言，表现了"向天国的祈祷胜过人世的情感"这一主题：爱情的甜美也无法消解生活的愁苦。

二

你过去曾讥笑过我，
我也曾用轻蔑回报过你——
从那时起用任何一事一物
我都无法填补心灵的空虚。
什么也不能再使我们接近，
什么也不能给我以平静……
尽管奇妙的声音在我心中低语：
我不能再爱任何人。

三

我已放弃了其余的激情，
但是既然连最初的幻想，
都不能重新效劳于我们——
你能用什么取代这向往？……
既然你已在这个人间，
也许，也在那个天国，
把我的希望变成灰烬，
能用什么告慰我的生活？

（1830 年）

片段 [1]

无意之中，凭偶然的机缘，

他看见一个少女的酥胸，

或看见她充满火焰的目光，

但他对这一切无动于衷。

正如在暮色苍茫的时分

那蹲在海边巉岩上的老鹰，

虽在不远的地方闪亮着，

那可怜的小舟的片片帆影，

（白茫茫的荒原身上的盛装），

但它那注视一切的眼睛，

却在瞭望辽远的飘荡的云。

就这样消磨着无聊的光阴！

他知道，受了海风的追逐，

驰过它眼前的这些小舟，

---

[1] 这首诗反映了诗人对苏什科娃的失意的恋情，塑造了一位对女性的美，甚至对生活淡然处之感到失望的抒情主人公。

并不是为他才漂到这儿来，

它们一闪即逝，转眼即过！……

（1830 年）

夜 [1]

我独自在静悄悄的夜里；
蜡烛将尽，正噼啪作响，
我手中的笔在笔记簿上，
描画着一个女人的头像；
那对于往昔时光的回忆，
像幽灵般在红色的帷幕上，
匆匆地用手指给我指出，
我感到亲切的心中的印象。

遥想当年那些岁月里，
曾经使我激动不安的话语，
虽然已经永远被我忘却，

---

[1] 这首接近哀歌体裁的早期抒情诗与苏什科娃有关，已由诗人自己 1835 年给韦列夏金娜的信所证实。本诗通常被列入"苏什科娃组诗"。

仍在我眼前的远方亮熠熠。
往昔岁月的一具具骷髅，
站成郁郁寡欢的一大群；
在它们之间有一具骷髅，
牢牢地占有了我的心灵。

我怎能不爱那一双眼睛？
那一柄女人的鄙夷之剑
把我刺穿……但不——从那时起
我总在爱——总在熬煎。
那一双难以承受的眼睛，
像个幽灵紧跟在我后面；
我被注定直到入墓之日，
怎么也不能把别人爱恋。

啊！我多么地嫉妒别人！
他们在自己家庭成员间，
在寂静之中，可以欢笑，
可以纵情地作乐消遣。
可我的笑有如铅块那样重：

它是内心空虚的果实……
天哪！我终于看出这就是
你给我准备好的结局。

难道你能用这样的苦涩，
将我的初恋的激情淹没？
想用伪装使我热血沸腾，
然后用嘲笑再使它冷却？
我曾愿把自己激情之火，
倾注到别的意中人身上，
但是记忆、早年的泪水！
有谁能敌得过这些影响？

（1830 年）

在我面前摆着一张纸片……[1]

在我面前摆着一张纸片，
它对别人没有丝毫用场，
但厄运却在它的上面
笼罩着我诸多想法和希望。
这张纸写满了你的字迹，
因此昨天我就把它偷走，
为了一件可爱的觅取物，
我愿像既往将痛苦承受！

（1830 年）

_____

[1] 苏什科娃在她的回忆录中发表此诗时附有一条注释："有一次我坐在窗前，突然有一束黄色的野蔷薇落到我腿旁，蔷薇中间夹着一张我熟悉的灰纸片，甚至连野蔷薇也是从我们的花园里摘的。"

果然来了！别再等待······①

果然来了！别再等待，
和你的最后相会和诀别！
别离的时刻和痛苦的时刻
必来无疑——为何拒绝！
啊！我哪里知道，当我
望着美人那迷人的眼睛，
别离的时刻，可怕的时刻，
已突然地向我身边飞近。
果然来了！那无价的声音
再也无法滋养我的心房，
我要在孤独的角落里独处，

---

① 这首诗写在苏什科娃1830年从莫斯科动身去圣彼得堡之行前夕，是在苏什科娃的笔记中首先引用的。这首诗的写成引出了其他几首和苏什科娃有关的诗。

并将要大哭一场……回想!

（1830 年）

好吧，别了！这声音头一遭……①

好吧，别了！这声音头一遭
如此残酷地把我的心田搅扰，
别了！它带来的痛苦有多少！
把我现在爱着的一切带走了！
我遇着她美丽眼眸的目光，
谁知道，也许……最后一遭！

（1830 年）

---

① 这首诗由苏什科娃的圣彼得堡之行引起，当时莫斯科正流行鼠疫，苏什科娃的离开，勾起了诗人对她心酸的爱的回忆。

乌黑的眼睛 [1]

夏的夜空里星星十分多，
为什么您身上只有两颗，
南国的眼睛！乌黑的眼睛！
咱俩相会在不宁的时刻。

无论谁询问，黑夜的星星
回答的只是天国的幸福；
乌黑的眼睛，在你们的星星里，
我找到心的天国和地府。

南国的眼睛，乌黑的眼睛，

---

[1] 苏什科娃有"黑眼睛小姐"的雅号，本诗是写给她的。1844年有人将莱蒙托夫的《致苏什科娃》一诗在《致黑眼睛姑娘》的标题下予以发表。诗人对女主人公那种复杂而痛苦的感情是通过"天国"和"地狱"的对立意象加以表达的。

从你们身上我读出爱被判定，

对我来说从此你就变成

白日的星星和黑夜的星星！

（1830 年）

我在舞会的欢快旋风中认识她……①

我在舞会的欢快旋风中认识她；
看来，她很愿意讨得我的喜欢；
那眼色的和悦、动作的敏捷，
那脸颊的光泽和乳房的丰满——
一切会使我的心里充满诱惑，
假如我没有受另一种无意义的
愿望的压抑；假如在我的眼前
没有飞驰而过徒开玩笑的幻影，
假如我能忘却一个个别的面容，
那平淡无奇的脸和冰冷的眼睛！……

(1830—1831 年)

———————

① 这是"伊万诺娃组诗"中的一首，抒发了抒情主人公对伊万诺娃那种充满矛盾的爱。

歌 ①

一

我不知道我曾否被欺骗，

我曾否受你的嘲弄，

但是我发誓，我曾爱过你，

还留下了爱的印痕。

我乞求你，以天国的一切、

不会重现的一切的名分，

以我未知的幸福的名义，

啊，请原谅我的爱情。

二

你不相信我直率的话语，

但渐渐地这些纸页，

----

① 这首诗与其说是诉说单恋的痛苦，不如说是用情场的冷遇经验对付冷漠的人世现实。

将会向你解释我的感情
和你拒绝过的一切。
你也许会噙着明眸里的泪水，
为一个人深深叹息，
这个人不需要别人的哀伤，
也不需要别人为他哭泣。

三

自从你已经看不见这颗
年轻而自由的心的宏愿，
它的忧伤和它的幻想，
冷漠的人世也不会看见。
但假如我又回到往昔
那无忧无虑的时光，
我便会决心受同样痛苦，
我的爱便不会改样。

（1830—1831 年）

七月十一日 ①

有一天向晚的太阳，

穿过淡紫色的云层，

落到链一般的雪岭后，

泛着红彤彤的光晕。

在夕阳的余晖之中，

有一位年轻的姑娘，

身旁站着苍白无力的我，

我望着她那绝色的脸庞，

始终没有移开我的视线。

在我朦胧的记忆里面

久久地保存着这一瞬间。

莫非一切不过是梦幻：

---

① 从内容、情调和形象体系看，这首诗都和《梦》（"我梦见：凉爽的白天熄灭了……"）很相近。与《梦幻》的第二部分的联系也很明显，因此，有理由把它归入"伊万诺娃组诗"。

姑娘的床、她的窗户、
嘴的微颤、可爱的目光
（命运禁止我在它们中间
给自己寻找一丝欢畅？）
不，只有幸福才能够
迷住思想和愿望的眼睛，
但凡含一点痛苦的事物
决不可能成为美梦一场！

（1830—1831 年）

秋天的太阳①

我爱那秋天的太阳，

它把暗淡、死寂的光，

冲破密云和浓雾的遮拦，

射到秋风摇撼的树

和湿润的草原上。我爱秋阳，

此时落日那告别的目光，

颇似失恋时的隐隐哀伤，

它自身并没有变得更凉，

---

① 本诗寓情于景，写了莱蒙托夫早期内心抒情诗颇有代表性的主题——失恋。此诗可能与他的女友伊万诺娃有关。诗中流露出莱蒙托夫早期诗中所罕见的忧伤情调。伊万诺娃是戏剧家伊万诺夫（1777—1816）的女儿，莱蒙托夫于1830年和她相爱，由于她无法理解诗人而对他表示冷淡，于1831年对他变心。此事挫伤了诗人的心灵，使得他早期的一些诗被涂上了忧郁的色调，并促使他的诗歌天才更快地发展，以增强受辱的自尊感。1830—1832年间，莱蒙托夫写下了多首献给伊万诺娃的抒情诗，被研究家称为"伊万诺娃组诗"。

然而受它照射的大自然，

一切能感能见的造物，

都无法从它取得温暖；

心儿也这样：火焰还燃烧，

但人们难解它的衷肠，

它无需再在眼里辉耀，

永远不会再扑上脸庞。

心儿何必再一次承受

嘲笑奚落和怀疑中伤！

（1830—1831 年）

致……①

你很快就对我变了心，
过错不在你而在命运，
命运给了你女人的妩媚，
但装进一颗女人的心。

恋爱于它轻松如取乐，
痛苦不占它半刻时辰，
像宽广海面上一叶扁舟，
留下的踪迹仅有一瞬。

但这颗心总会有一天

① 这是莱蒙托夫以《致……》为题的二十二首抒情诗中的一首，
是献给女友伊万诺娃的。诗中具有浪漫主义的沉思和忧伤，也有愤
愤不平的抨击之辞，诗人将抒情与讽刺熔于一炉，以深化失恋的主
题。

套上无法躲避的锁链，
别了，如今命中已注定
我们分手直到这一天。

那时我重现在你面前，
我的话将使你局促不安，
纵使我听见意料中的答复，
到那时一切都将枉然。

不！你那可爱的声音，
火样的双眸顿失神威，
我的责备将紧逼着你，
它将插进你的心扉。

报复之念一触动苦楚，
定会迫使我大笑出口，
这一笑比你的全部泪水
更要叫你心里难受。

(1830—1831 年)

夜 ①

忧伤的更夫敲着铁板，

我独自倾听。远处传出

隐隐的犬吠声。夜空沉沉，

乌云从我的头顶驰过，

一朵追赶另外一朵，

在昏暗的夜幕底下合流。

湿润而闷人的风摇撼着

树木的顶梢，它边怒吼，

边叩击着我的小窗。我烦闷，

不眠令我难熬，梦又惊心；

我并不愿意见到那梦景

为我展示她难忘的面影；

---

① 这是"伊万诺娃组诗"中的一首。与伊万诺娃之爱的悲剧性决定了本诗的忧郁情调。恋人负心的主题通过情景交融的手法使抒情主人公复杂的内心世界清晰可见。

不，我不是幻想的奴隶，

我能够忍受深刻的思想、

心灵的创伤带来的痛楚，

只是无法忍受她的欺骗。

我不会对希望说声"再见"，

我不信流言，既然从前

她曾经爱过我这个人，

那她怎么可能对我背叛？

但又为什么？难道没有过

先例，今天在我身上为人寰

提供的才是第一例教训？

我全然被人忘怀，多么孤单。

深夜的风，你喧嚷、喧嚷吧，

在天空中尽情地肆虐吧，

清新一下我的胸和眼！

我胸燃烈焰，眼泪难收，

这烈焰早已断了食粮，

这苦泪只能洒向石头。

(1830—1831 年)

给自己 ①

我多么想让自己相信

我不爱她,我多么想

测量一下不可测之物,

给无限的爱定个限量。

爱情具有如此大魅力,

一刹那的鄙夷再次证明:

我们竟然不可能战胜

心儿如醉如痴的恋情;

我一生的枷锁无法挣断,

我此刻心头仅有的平静,

_____

① 本诗不是歌唱恋爱的欢乐,而是抒发摆脱爱情桎梏的渴望,诗中还流露了对尘世、命运、神灵的挑战和反抗。诗中的"她"是指诗人曾一度为之倾倒的女友伊万诺娃。

就是司智天使那高亢的

呵斥沉睡的恶魔的声音。

（1830—1831 年）

我的心灵想必在这人间牢笼里 ①

我的心灵想必在这人间牢笼里

待不多久。也许，我再也不能

见你那对可爱而脉脉含情的眼睛，

我的情敌们最感亲切的这两颗星；

祝他们幸福。如因他们一切都能

唯独我不能而责难你有点荒唐；

但既然你想隐藏起对我的爱，

悄悄爱我而表面上冷若冰霜，

但既然你当着我的面讥笑我，

而内心却充满了难熬的烦忧，

那么但愿我阴郁的目光向你表示，

---

① 据莱蒙托夫研究家安德罗尼可夫推测，这首诗是诗人献给伊万诺娃的。独特的心理剖析，爱情表达上的力度，自然洒脱的诗歌语言，是原诗的几个引人注目的特点。

谁更加痛苦，谁更加愧疚！

（1830－1831 年）

任凭可笑而疯狂的……①

任凭可笑而疯狂的

人世前来责难诗人，

谁也不会加以阻拦，

它听不到我的回音。

我行我素活到如今，

我的歌儿自由驰骋，

有如苍穹下的野鸟，

有如湖面上的帆影。

人世的事与我何干，

当你坐在我的面前，

当我伸出的一只手

被你神奇的手焐暖；

---

① 这首爱情诗可能是写给伊万诺娃的，但和"伊万诺娃组诗"不同的是它没有悲剧情调，一方面对流言可畏的人世不屑一顾，另一方面对爱情的果实充满憧憬。

当我跟你，我的天女，

度过这天国的时辰，

没有不安，也不痛苦，

我看着你，目不转睛。

（1830—1831 年）

斯坦司 [①]

我不能再在祖国受煎熬了，
快离开这里，去浴血战斗。
我这颗装满了你的心，
也许在那里才不再颤抖。

不，我并不乞求你的爱，
不，别把恼人的激情品尝；
为了浇灭我胸中的烈焰，
我需要鲜血和死神的光降。

[①] 诗人对伊万诺娃单相思之苦借诗的情思倾吐了出来。当时莱蒙托夫无法从单恋和孤独的桎梏中挣脱，但随着爱国的主题与爱情的主题同步展开，他失落了的"渺小的爱"便在"伟大的爱"中得到补偿，于是形成了一种悲壮的美。

即便我作为战士死在沙场，
世人也不会为我哭泣心碎，
我的感情风暴和我的生活，
不会再成为任何人的累赘。

在没有思念，没有号哭，没有哀怨，
而我将进入久盼的梦境的地方，
命运将会中断我所写下的
年轻岁月里神圣诺言的篇章。

好吧，但假如我在这块地方
不能忘却这悲哀的爱梦一场，
假如我被注定要直到永远
到处随身携带着你的形象；

假如在那些相距十分遥远
心灵本应饱餐幸福的地方，
我仍然无法彻底治好我那
被刻在心灵上的累累创伤；

啊，在别离时刻请你亲切地
看一眼那个人吧，他以高傲的心
不惧怕人们的嘲笑和痛苦的煎熬，
将为着祖国的荣誉而毅然献身；

他常常沉浸在神秘莫测的陶醉中，
用他那对湿漉漉的眼睛注视你，
他常常唤起人们对他的怜悯，
对你的微笑感到由衷的欢喜。

（1830—1831 年）

浪漫诗 [1]

欢快的音滑过了我的琴弦，

但不是发自我的心间；

破碎的心中有个秘密的禅室，

那里隐伏着忧郁的意念。

滚滚的热泪顺着我的脸颊流淌，

但不是流自我的心房。

一颗失意的心里保存的情感，

注定要在这颗心中死亡。

凭靠金色希望长大的人们啊，

切莫到我心间寻求同情；

我连自己的痛苦不免要鄙夷，

---

[1] 此诗抒发了抒情主人公受生活愚弄后的忧郁心情，带有当时浪漫主义抒情诗所特有的形象性、体裁、修辞手法等特点。诗人沿用自己早期创作中惯用的对照形象，刻意渲染痛苦的深度。苏什科娃认为此诗与她有关。

哪有心去照顾别人的苦痛？
我的眼睛何必再抬起来凝视
死去的少女冰凉的双眸。
我能够忆起许多逝去的时光，
对往事我已不愿再回首！
记忆向我们展示可怖的阴影，
往昔那血迹斑斑的幽灵，
它呼唤我重返那别了的地方，
宛如暴风雨中灯塔的光明。
此刻狂风在恶浪上作乐寻欢，
嘲弄着一只可怜的孤舟，
船夫明知失去返归的希望，
仍呼唤并惋惜自己的故土。

(1830—1831 年)

客人 ①

（真情实事）

（献给……）

一个青年好久好久前

就把克拉利莎爱上。

他博得了少女的一颗芳心：

心可是件最好的宝藏。

戴冠冕的神父等候着婚礼，

洪亮的钟声也已经敲响。

突然间传来了战争的喊叫，

旌旗已经举得高高：

祖国的好男儿踏上了马镫，

---

① 这首诗主要来自对德国"狂飙突进"时期诗人毕尔格的现代叙事诗《莱诺勒》的借鉴，但莱蒙托夫的诗节比毕尔格的诗节短两行，并加入在民间文学中常见的一个死人出现在未婚妻的婚礼上的情节。有人（如艾亨鲍乌姆）认为此事与伊万诺娃有关，有人（如安德罗尼科夫）则认为此诗是因洛普欣娜而写的。

急忙上阵去响应号召！
卡尔马尔满怀着悲伤，
为告别年轻姑娘而来到。

"你起誓吧，你可，"他说道，
"永远、永远别背弃我！
如果不戴圣洁的爱的婚冠，
我美丽的姑娘啊，
就让一场死亡的寒梦，
把我们覆盖在黄泉！"

克拉利莎说出了她的誓言，
泪珠在她眼眶里颠滚，
在她那玫瑰色的芳唇上，
熊熊燃烧着离别的吻：
"这是我的最后的一吻——
我和你一起进地府和天庭！"

"好吧，永别了！你心疼我吧：
我的命运好惨好惨！"

卡尔马尔跨上了战马，

飞驰而去，如旋风一般……

岁月匆匆……白雪铺满田野……

姑娘总是在哭泣和悲伤……

眼看冬天过去春又回，

太阳也恢复先前的热情。

女人的爱一去不复返，

卡尔马尔被忘得一干二净！

因此另一个男人理应

得到她的美色和婚允。

新郎手挽手地领着新娘，

双双入席参加欢宴，

美酒喳喳作响，一杯杯

轮流敬到亲朋跟前。

新婚的华筵愉快地喧闹，

只有一位客人枯坐无言。

他头上是战斗中击碎的头盔，

脸藏在冷冰冰的钢下面，
他肩上是件给撕烂了的外套，
还佩着一把生锈的利剑。
他直挺挺地一动不动地坐着，
人们谁也害怕与他交谈……

"可爱的客人怎么不喝酒，"
克拉利莎突然问起他来，
"为什么他并没有为破除沉默
把缠着嘴巴的绳线扯开？
他是谁？从哪里进我们家门？
如今可不可以让我打听？"

他发出的不是呻吟和叹息，
而是一种奇妙的声音，
他突然让我们的新娘
不禁惊奇得胆战心惊。
宾朋们同声"哎呀"，——来客揭开
自己的脸，原来是个死人。

大家齐发抖，都不知所措，
新郎忘记了自己的剑。
"你是否还记得，"骷髅说，
"自己临别时的誓言：
'卡尔马尔不会被我忘记，
我和你一起入棺材和升天！'

你的卡尔马尔倒在了沙场，
在殊死的战斗中捐躯。
姑娘，婚冠在咱俩的棺材里，
我曾对你忠诚不渝！……"
他用自己的手将她抱住，
从此两人从地上消失。

据说就在那所房子里，
一年到头有两个鬼魂
（当月亮在群星间徘徊，
所有活人进入了梦境），
总像一股青烟似的出现，

踯躅在空荡荡的房间！……

（1830—1831 年？）

献给伊（万诺娃）的浪漫诗 ①

一旦我被流放异域他乡，

直到那南国的天空下面，

带去我的残酷的忧伤，

带去我的骗人的梦幻，

人们怀着恶毒的狠心，

时不时谴责我的生平——

在那无情的世人面前，

你能不能成为我的后盾？

支持我吧！请怀想我的青春，

宽恕我这个恶言的牺牲品，

---

① 这首诗是献给伊万诺娃的。和莱蒙托夫的早期其他许多抒情诗一样，本诗也是以受迫害、遭流放、在"争取共同事业"的斗争中对悲剧结局的预感等为主题的作品。诗人对他所爱之人怀着获得理解和支持的厚望。

你起誓吧！别让快乐

在我的心中销声匿迹。

让我在流放地能这样说：

有颗心——锦绣年华的信物，

在其中我的痛苦受到尊重，

在其中人世无法将它玷污。

（1831 年）

致……①

上苍宣告了他的裁决，

没有力量可把它改变；

他向我们伸出报复之手，

评判一切却不倚不偏。

他知道，只有他能知道，

我曾柔情而热烈地爱，

我为你牺牲所能给的一切，

你对此却总没有理睬。

你滥用了你所取得的

凌驾在我之上的权力，

开头你用爱取悦于我，

你背弃了我——上帝保佑你！

---

① 这是"伊万诺娃组诗"中的一首，是诗人在伊万诺娃不再爱他后立即写就的。诗人将演说手法和讽刺因素引入诗中："我们更应使自己学会笑，因为生活正在取笑我们！"

不！我决不想咒骂你！

你的一切我都觉得圣洁：

那神奇的眼睛，你那前胸，

一颗年轻的心在里边跳跃。

记得有一次我哄骗着采了

一朵小花，痛苦的毒素藏在身，——

临别时从你那纯洁的唇上

得到的毫不勉强的一吻；

我自知那不是爱——我经受了；

但我怎么也无法猜到，

欢乐的时刻对你来说

比我的希望、痛苦和眼泪更重要！

愿你因我的不幸而感到幸福，

当你听说我在受痛苦的熬煎，

你别因空自悔恨而受折磨。

别了！——这就是我的心愿……

凭什么我能让你眼眸的光辉

蒙上一层泪水的遮阴？

我们更应使自己学会笑，

因为生活正在取笑我们。

（1831 年）

一排排白云正辉耀着驰过……①

一排排白云正辉耀着驰过
蔚蓝的天空。陡峭的山丘
洒满了秋日的阳光。小河
在山丘下岩石间飞快奔流。
山丘上有个年轻的异乡人，
他身披斗篷，静静地坐在
一棵老桦树下。他沉默着，
但胸口却不时地高耸起来；
苍白的脸常常转换着神色；
他在此寻求什么？平静？不是！

---

① 这首诗具有自传的性质，与诗人在谢列德尼科沃的经历有关，但采取的却是用第三人称叙述的手法。诗中表现的惆怅和孤独的感觉系由与伊万诺娃的决裂所引起。诗人为此诗写有附记："在谢列德尼科沃；在栅栏旁。"

他朝远方眺望：林色斑斓，
田野和草原，往远处再望，
仍是茂密的树林，或沿灌木丛
有稀稀落落的青松生长。
世界繁茂似花园，但身穿寿衣：
凋零的树叶；世界太可怜！
世上每个人在人群中很孤独；
人们都为琐事忙个没完，——
虽然大自然瞧不起他们，
但仍然有宠儿，有如别的国君。

但愿身上打着大自然印记的人
切不要将自己的命运埋怨，
以便无论谁都不敢诉说，
大自然在怀里把毒蛇焐暖。
"啊！假如我一旦能够
从美人嘴里暗中只听到'我爱你'，
那么置身于单调的北国的
人们，连我的生活在内，

一切都会获得新的光辉！"他想，

无忧无虑……但不愿乞求上苍！

（1831 年）

梦幻 ①

我看见一个青年：他骑着

飞毛腿的灰马——沿着陡峭的

克里亚兹马海岸奔驰。夕照

已消失在那红彤彤的天际，

月亮辉耀在云端和浪尖；

但年轻的骑手显然不惧怕

夜色的昏黑和露水的寒冷；

那黝黑的面庞炽烈地燃烧着，

那乌黑的眼睛总在迷茫的远处

寻找着什么——往日的情景

---

① 这首诗是莱蒙托夫受拜伦的诗《梦》的灵感启发而写成的，在写本诗前不久，莱蒙托夫曾想过翻译《梦》。诗中作为行动地点提到的克里亚兹马河岸是诗人女友纳·费·伊万诺娃家的庄园所在地。诗中还包含一些与诗人迷恋伊万诺娃有关的自传性成分。全诗总的情调与拜伦的《梦》相似。原诗为五步抑扬格，但不押韵。译诗基本上译成四顿，也不押韵。

模糊不清地呈现在他眼前——

这是个预告险情的幻影,

他以可怖的预见恐吓着心灵。

但是他只相信自己的爱,

他向前飞奔。风沿着田野分送

嘚嘚的马蹄声;走过来个行人;

他拦住行人,而这个人

默默地给他指路之后,

便远远消隐在密林深处。

骑士看见在对面河岸上

有一盏颤颤悠悠的灯火,

他还看清了窗户和房子,

但桥断了……克里亚兹马河在奔流。

哪能就回去,还没有吻一吻

她那令人销魂的纤手,

还没有听一听那迷人的声音,

尽管她的嘴发出过责怪声。不能!

他哆嗦了一下,拉紧了缰绳,

抽鞭催马——水哗哗作响,

河水泛着浪波向两边闪开;

强悍的马游着，越游越近……

这时已到了河的对岸，

向山上飞奔，青年跳下马

登上台阶——径自走进

那古老的房子……她没在家！

他穿过那长长的走廊，

全身颤抖着……到处不见她……

她的妹妹朝他迎了过来。

啊！假如我能描绘出他的痛苦！

他像苍白而无言的大理石像

呆立着……千百年可怕的痛苦

也不过抵上这一刻。他站了好久，

突然胸中吐出了痛苦的呻吟，

仿佛最好的心弦顿时断了……

他阴郁地、果断地走出来，

跳上了马，飞一般地驰去，

仿佛悔恨紧紧追赶着他……

他这样奔驰了很久很久，

直到拂晓，没有了路，毫无顾忌，

无法再忍耐下去……他便哭了；

有一种含毒的露水，露滴

在叶子上面留下斑点——同样，

铅一般沉重的悔恨的泪水，

一从心中被迫挤出来之后，

便会滚落，——但不能明眼！

我该往哪里追溯这一梦幻？

莫非梦可能如此地接近

冷漠无情的现实？不是的！

梦不能在心中留下痕迹，

无论想象是怎样地努力，

它那拷问的手段也左右不了

那存在的一切及对心灵

和命运有着影响的一切。

我的梦在无意中又转换了：

我看见一个房间；春天的

温煦的阳光照进它的窗户；

窗前坐着个脸面娇嫩的少女，

眼里饱含心灵之光和生命之火；

在她身旁默默坐着一个

我们熟识的青年；他们俩，他们俩

竭力显出满意的神情，

但他们嘴上那一丝微笑，

一诞生便令人陶醉地消亡；

我觉得那青年非常平静，

因为他善于在心底隐藏

并战胜痛苦。少女的目光

在一本打开的书上溜转，

所有字母都在目光下融合……

她的心怦怦地跳着——无缘无故，——

这青年并没有朝她看望，

虽然离别时想的只是她，

虽然他把她视为最珍贵之物，

胜过不可战胜的高傲的荣誉；

他眼望头上蔚蓝的天空，

跟踪着片片银白的云朵，

心儿紧紧地，不敢松口气，

不敢稍稍动弹，生怕这样会

打破沉默；他如此害怕

听到她的冷冰冰的回答，

或者听到她对他祈求的回音。

真疯了！你不懂你已被爱上了，

只有当你永远失去她的爱；

你才会懂得你曾被她爱上；

而别人却能以讨好的行为

来吸引轻信的少女的一切愿望！

（1831 年）

致洛[①]

（仿拜伦）

一

在别人跟前我总没忘记

你的那双眼睛；

爱着别人，但萦牵我的

只是过去的爱情；

记忆，那恶魔式的主宰，

总是在唤醒往昔，

我独自一人反复说：

我爱着一个少女！

[①] 此诗献给谁这个归属问题在苏联有过很大争论。论者众说纷纭：有人认为是写给瓦·亚·洛普欣娜（1815—1851）的，有人认为是写给玛·亚·洛普欣娜（前者的姐姐），但写的却是与伊万诺娃有关的事；也有人认为就是写给伊万诺娃的。正如副标题所写，本诗可以溯源于拜伦的抒情诗《致……的斯坦司，写于离开英国之际》。

69

二

而今你已属于别人，
诗人已被你忘记；
那时起幻想勾引着我
远离祖国的大地；
大船载着我离开故土，
朝不明的地方驶去，
而海上的波涛反复说：
我爱着一个少女！

三

喧嚣的城市不会知道：
谁在被柔情地爱着，
我怎么受折磨，记忆
苦坏了我几多岁月，
无论我在什么地方
把往日的平静寻觅，
心儿总会对我低声说：

我爱着一个少女！

（1831 年）

致纳·伊 ①

也许，我不值得你爱，

这点不是我所能判断；

但你却用欺骗来报谢

我的希望和我的宿愿，

我常常说，你这样做，

对于我真是太不公平，

你并不像蛇那样狡猾，

只是你的心总是听信

一个又一个新的印象。

你的心迷恋于一瞬间；

它喜欢好多人，还不曾

---

① 这是"伊万诺娃组诗"中的一首，标题中的俄语缩写是纳塔莉亚·伊万诺娃。全诗充满既想表白自己对恋人的真情，又责怪她对自己冷漠、变心的复杂感情。

对哪个完完全全喜欢；

但这不能不让我发愁。

在我得到你爱的时候，

我还能够满足于命运，

有一次我从你的芳唇，

想法博得临别的一吻；

但在酷热的荒原之上

滴水止不了人的干渴。

求上帝让你重新找到

你本不怕失去的一切；

但……女人绝不会忘记

像我这样强烈爱的人；

在你最最幸福的时刻，

回忆定会扰乱你的心！

当那不值一提的人世

嘲笑又诅咒我的姓名，

悔恨定会刺痛你的心！

你一定不敢为我辩护，

怕在应受谴责的怜悯中

自己再次成为被告人！

（1831 年）

九月二十八日 ①

我又看见你可爱的眼睛，

我和你进行谈心。

使我想起坟墓带走的往昔的

是你亲切的声音。

凭什么？——别人吻过这对眼睛，

把你的玉手紧握，

你的声音在深夜对别人

尽把"我爱你"诉说。

坦白说吧：你和他亲吻，

竟不是虚情假意？

---

① 这首爱情诗是写给谁的，众说纷纭，有人认为是写给伊万诺娃的，有的则认为是献给洛普欣娜的。其实两种推测都不正确，引起本诗创作冲动的是一位已婚女子，而当时的伊万诺娃、洛普欣娜都还未出嫁。因此，可能这是给另外一个已婚的恋人写的，诗中个别情节与拜伦的诗相近。

你的吻遵从的是夫妻之道，
并不是爱的权利；
他出世不是为你；你诞生
是为炽烈的激情。
你把自己交给他，却没有
问问自己的良心。

他在你面前曾否感到
内心暗暗的抖颤；
他是不是会为着想一个人，
蔑视可鄙的尘寰；
他可曾默默含泪地接受
你冷冰冰的问候，
他曾否为与你共度一瞬，
让锦绣岁月付东流？

不！谁若在你身上只看到
完美无缺的外貌，
我相信他就不可能为你
把完美的幸福创造……

是啊！你不爱他，你又被
神秘之力捆绑在
对幸福陌生的可悲的心上，
它温柔得像在爱。

（1831 年）

我见过幸福的影子；但是我……[1]

我见过幸福的影子；但是我
对人们，对尘世已全然超脱，
命运没有注定我把它享用，
也许，他不过从远处诱惑
我的希望；一旦得到（怎么知道？）
它后，也许，我便会对它鄙夷，
我便会看清，声音般空幻的幸福
不值得我为它痛苦，为它哭泣。

有谁敢对我说；她的语声
不是天国的余音？我屏息凝神

---

[1] 诗人对伊万诺娃的求爱受到冷遇，勾起他对人生毫无意义和幸福已不可能的沉思。诗中流露出诗人对死期临近的预感（死亡的主题在 1830—1832 年间为莱蒙托夫诗的特点之一），但诗人认为哀伤丝毫不会减弱他对祖国的爱。

望着她的眼睛时她的心灵

不是从她活泼的眼里炯炯逼人？

她是一位痛苦的天使，是为了

让我受苦而被上天一手创造？

不！我心上留有惆怅的污斑，

这与纯真的天使全然无关；

而这个污斑在一天天变大；

它很快就会吞噬一切，到那天

我终将领略久盼的平静，

也许它会给我的幻想带来危险，

它会一举扑灭我感情的火焰。

但无须有感情暴风雨的枉然掀起，

它就可把我引向毁灭；但在此以前，

我是自由的，纵使做情欲的奴隶！

我充满哀伤的灵感，只歌唱

她一人——什么与她无缘，

便与我无缘；我比许多人

更爱祖国，在它的田野间，

有一处我开始领略悲伤，

有一处我将会躺下长眠，

也就是当我的尸骨混在土中，

把本来的面目永留人间。

我的父亲啊！你在哪里？何处

我才能找到天国里你骄傲的游灵？

每条道路都通向你所在的世界，

但隐秘的恐怖妨碍我把一条选定。

"天国是有的！"——星星这样说；

在何处？问题是——天国也有毒液；

这天国竟使得我犯了个错：

在女人的心中把生的乐趣寻觅。

（1831 年）

致……①

啊，无须隐瞒我！你在哭他——
我也爱他；他值得你哭泣；
假如他充当了我的情敌，
我爱他就会从那个时候起。

我原可以获得幸福；但为何
要从往事中去寻找幸福！
不！我看到你惋惜另一人，
我也应以此而感到满足。

（1831 年）

---

① 这是"伊万诺娃组诗"中的一首，和这一组诗的其他各首诗一样，
本诗具有日记的性质。诗人不是以通常的嫉妒，而是以爱屋及乌的
宽泛的爱来处理与情敌的复杂关系的。

斯坦司（致德·）①

一

我不能说出，也不能写出

你的姓氏和你的芳名：

在你姓名的熟稔的声音里，

有着伤心的隐蔽的苦情；

你看，这字眼出自别人之口，

让我听见该有多么难受。

二

上苍给他们怎样的权力，

竟把我的圣物作弄一气？

---

① 这首诗缘谁而写，评论界至今仍有分歧。有人根据第九节对叶·彼·苏什科娃的《护身符》一诗的暗示，认为是献给她的，因为诗中表露的主要是仰慕之情，而叶·彼·苏什科娃（即"多多"）与莱蒙托夫彼此都钦慕对方的诗才。诗中的字母"德"可理解为"多多"的缩写。

连我自己还不敢碰它一碰，
难道能允许他们这般无理？
他们也像我只在你身上寻觅
自己的天堂——未必遂意！

三

我从没向任何一个人
屈下低三下四的双膝；
那会是对傲骨的失节，
我因胆怯才对它背弃；
纵令在命运之神面前
我也决然不会把头低！

四

但如果在别人的面前，
你要我玷污我的心灵，
我定将毁掉一切宣誓，
把关于爱的誓盟毁弃；
亲爱的，但愿能告诉他们：
我这样做只是为了你！

五

我曾看见过你的微笑，

它曾使我的心儿倾倒，

开始时我曾这样地想：

它无与伦比——我怎知道，

你那双含着泪水的眼睛，

美得可同天国一比低高。

六

我见过它们！我曾非常

幸福——只要泪水还在流，

里面便保存着痴恋的火花，

这火花只归我一人所有。

确实！身上有着美丽、

圣洁的一切——我最觉亲昵。

七

假如世人在我们眼前，

祝福我俩的两情无猜，

我也不能把充满尊严的

命运称作幸福的所在，
这幸福感到人言的可怕，
它只是一朵孤寂的小花。

八

你可记得那夜晚和明月，
当我坐在孤独的小亭里，
怀着满腔的深沉思绪，
把全部目光只是注视你……
往日的无虑多么迷人啊！
用此夜换永恒我都不愿意。

九

为了取自穆罕默德棺木的
那一个微不足道的护身符，
你快把珍珠、黄金和异国的
全部财宝都交给苦行僧师父——
他遵循严格的教规，定会

将它们满不在乎地丢弃不顾！

（1831 年）

该做最后一梦长眠了……①

该做最后一梦长眠了，

我在人世活得已厌烦：

憎恨也罢，爱恋也罢，

我全都受生活的欺骗。

（1831 年）

---

① 莱蒙托夫在 1831—1832 年间因与伊万诺娃的决裂和父亲的过世
而萌生过自杀的念头。这首诗据艾亨鲍乌姆考证是他"自己给自己
写的墓志铭"。诗中"我全都受生活的欺骗"与日后《谢》（1840
年）中"为了平生欺骗过我的一切……"有着明显的内在联系。

87

致德 ①

同我一起吧，像往常那样，
啊，跟我哪怕说上一句话；
好让我的心早就想听见的意思，
能在你的这句话里被明察；

假如在我的心里依然保存着
希望的火花——它还会迸发；
假如在我的眼里还会满含着
伤心的泪花——它定会落下。

有一些话——我无法解释清楚：
为何它们能够驾驭我；

---

① 这首诗是写给谁的，至今未有定论。有的研究者认为诗题中的
字母"德"是俄语词"朋友"的缩写，但并未指明是谁，也有研究
者认为是献给伊万诺娃的（如安德罗尼科夫即是）。

一听见它们我又会得到再生，
但别人却不能因此而复活。

啊，相信我吧，冰冷的话
会玷污你的芳唇，
正像那蛇的有毒的芯
会玷污柔嫩的花心！

（1831 年）

侧像 [1]

我有你的一幅侧像，
我爱它色调的忧伤；
它佩挂在我的胸前，
阴郁与胸中的心相像。

它眼里没有生命和火焰，
不过它永远地对我贴近；
它是你的影子，但我爱它，
如爱幸福的影子那样倾心。

（1831 年）

---

① 据俄罗斯研究家安德罗尼科夫推测，这首诗是写给伊万诺娃的。
诗人用忧伤的色调表达对逝去的爱情的怀念。有人认为《我俩分离
了，但你的姿容……》中既然借用了本诗第一诗节中的形象、音律
和语言风格，那么肯定也是写给洛普欣娜的。其实，诗与诗互相借
用表现手段与该手段表现什么内涵并无必然的联系。

有如绝望与磨难的精灵……①

有如绝望与磨难的精灵，
你紧紧拥抱着我的心；
啊！你究竟为什么不能
把我的心索性掏干净？

我的心是你永恒的庙，
你的形象是这庙中神；
我不求上苍，只祈求它
拯救我这颗痛苦的心。

（1831 年）

① 莱蒙托夫在 1831 年年底写了十余篇八行诗（除本诗外，还有《侧像》《我并不爱你；已经逝去了……》等），都是用的抑扬格、四音步和阳性韵，都是用的忧伤色调，都是抒发对逝去的爱情的怀想。

我并不爱你；已经逝去了……①

我并不爱你；已经逝去了，
那激情与痛苦的旧梦；
你的形象尽管已无力，
但依然活在我的心中。

我已经委身于新的幻想，
但要忘却它仍力不从心；
如冷落的殿堂总还是庙，
推倒了的圣像依然是神。

（1831 年）

---

① 这首诗写在 1831 年，与《侧像》《有如绝望与磨难的精灵……》同写于该年年底，同属一种情调，同用一种音律（抑扬格的八行诗），但较多的人倾向于认为它是写给苏什科娃的，而不是写给伊万诺娃的。

92

斯坦司 [①]

我在脑海里瞬息间重温
往昔发生的一切的长链，——
我并不惋惜往昔的经历，
它并没有让我喜在心间。

往昔的经历和现在一样，
也被急骤的激情所注满，
听凭恶的暴风雪的掩盖，
一如十字架被雪埋在荒原。

———————

① 这是诗人早期以人生无望，爱易受骗为主题的诗作中很有代表
性的一首。诗人在这里似乎在给自己与恋人的关系这部悲剧史写
"墓志铭"。研究家们在该诗指与谁的恋爱关系上持不同见解，有
的倾向于伊万诺娃（如安德罗尼科夫），有的倾向于苏什科娃（如
艾亨鲍乌姆）。

我曾用心灵徒然渴望

她对我的爱情的回音,

假如要我来歌唱爱情——

她曾是我的意中之人。

像昏暗的夜空中的流星,

她在我眼前闪了一闪,

像欺骗了人世间的一切,

她把我在人间的往昔欺骗。

(1831 年)

致纳·费·伊 ①

上帝保佑，您永远别知道
傻瓜们的议论有什么含义，
上帝保佑您，可别因见到
马刺、制服和胡须而悲戚；
上帝保佑，对手们虚假的
美色莫使你伤心忧郁，
愿你在自己跟前看不见
制服、马刺，以及胡须！

(1831 年)

---

① 此诗是献给诗人第一个迷恋对象伊万诺娃的。

收回你那温柔的目光……[1]

收回你那温柔的目光，
它曾经点燃我的心灵，
如今再点燃已不可能——
这就是请你收回它，
收回它的原因。

收回你那爱情的话儿，
请用它们去安慰别人！
我知道它们有时在撒谎，
纵然我很乐意不知情！
这就是请你收回的原因。

（1831 年？）

----

[1] 这首诗是献给纳·费·伊万诺娃的，也有可能是莱蒙托夫利用早期的诗作为对日后类似情景的反响。

任谁也没有能抚慰我……①

任谁也没有能抚慰我，
正当排解扰人的忧愁！
爱么？——我曾爱过三回，
三次播撒爱颗粒无收。

(1830 年)

---

① 这首诗纯属自传性质。诗中所说"我曾爱过三回"，指的是与以下三个对象的爱情纠葛：一个不记得姓名的九岁小女孩、萨布洛娃和苏什科娃。

太阳①

冬天的太阳多么漂亮，

当它在灰云中间徜徉，

它徒劳无益地给雪地

投下它那微弱的光芒！……

年轻的姑娘啊也是这样，

你的风姿在我眼前闪亮，

你的秋波预示着幸福，

但岂能复苏我的心房？——

（1832 年）

---

① 此诗可能系为伊万诺娃而写。诗人运用了一个传神的比喻：冬天微弱的阳光使诗人想起恋人薄情的目光，美丽而冷峻是它们的共性。失恋者的内心被剖析得惟妙惟肖。此诗写于伊万诺娃对他变心（1831 年）之后，表达了冬日阳光所勾起的痛苦感受。

她非常美丽，仿佛像那……①

她非常美丽，仿佛像那

南国艳阳下孩子们的憧憬，

有谁能说得明白什么是美：

丰满的胸脯？娉婷的身影？

还有大大的眼睛？但往往

这一切我们都不称它为美：

缄默的嘴巴——谁都不会爱，

无神的眼睛——花失却芳菲！

天哪，我起誓，她非常美丽！……

每当我举起自己的手，

触着她额上垂挂的金发，

---

① 这首爱情诗有人推测是献给伊万诺娃的。但似不可靠（她对诗人变心在 1831 年）。莱蒙托夫仅仅把此诗当作草稿看待，一直未予重视。此诗在对恋人姿容的生动描绘中揭示了关于灵与肉的深刻哲理。

便爱火中烧，不由地颤抖，
我甘愿跪倒在她的眼前，
把意志、生命和天国齐奉献，
为了从以勾魂为乐的眼里，
仅仅得到她的秋波一转。

（1832 年）

自从另外一颗心不再……①

自从另外一颗心不再

为我这颗心激荡不安，

我的心也该平静下来，

摆脱使人心乱的杂念；

但任凭它再去颤抖吧——

那是疯狂激情的痕迹：

如同风暴虽然已过了，

海仍将岸狂暴地拍击！……

难道你竟然没有看见，

在命定的别离的时刻，

为了在你的面前滴落，

---

① 这是"伊万诺娃组诗"中的一首。前六行是对拜伦《在我满三十六岁的那一天》（1824年）的意译。第二十一至二十八行取自柯尔律治的长诗《克里斯特贝尔》（1816年）。这几行诗在抒情诗《浪漫诗》（1832年）和长诗《童僧》中曾分别借用过。

我的眼泪怎样地闪烁？
你怀着鄙夷之情拒绝
我给你的最好的奉献，
你却担心会因为怜悯
而复活你对我的爱恋。

然而你无法向我掩饰
你所患的心灵的沉疾；
我们彼此相知太深了，
以致很难把对方忘记。
有如海岸上两块岩石，
多少世纪被保存下来，
但眼看在一刹那之间，
已在雷电之下被切开；
但其中的每一块岩石
分明保留这样的印记：
是大自然使它俩结合，
而命运却要它俩分离。

（1832 年）

致……①

我不再对你低三下四；

无论是你的致意或责问，

都无法主宰我的心灵。

从此我们可成了陌路人。

你忘了：我再也不会愿意

任意地走进识人的迷津；

我已把我如许的岁月，

赠送给你的笑容和眼睛，

我太久地在你的身上

看见了青年时代的希冀，

我曾憎恨整个世界，

为的是更炽烈地爱你。

---

① 这是"伊万诺娃组诗"中十分重要的一篇，是莱蒙托夫与伊万诺娃悲剧关系的总结。诗人以热情的独白了却与往日恋人的感情纠葛，表现了自己的痛苦与不平，也表现了自己的自尊与宽容。本诗充分体现出莱蒙托夫表达感情时的雄辩风格。

有谁知道呢，也许那些
在你身边流逝的时光，
我都是从灵感那里索取，
但你又是如何对它补偿？
也许，我对上苍的意念
和神灵的力量深信不疑，
我愿把奇才赠送给世界，
它莫非给我不朽作回礼？
你为何如此柔情地许诺
给我奇才的桂冠以补偿，
为何你最后竟如此对我，
而当初并不像今天这样！
我高傲！请原谅！去爱别人吧！
梦想在他人身上寻求爱吧；
不管发生什么人间的事，
我绝不会当别人的奴隶。
也许，我会离开这里远去，
到南国天空下的深山异域，
但你我彼此相知得太深，
要彼此相忘又谈何容易。

从今以后我将尽情享乐，

在激情上对谁都海誓山盟，

我将对谁都笑口常开，

对任何人也不痛哭出声。

我将昧着良心去行骗，

为的是不像过去那样痴情，

既然天使都已对我背弃，

难道对女人还可能尊重？

我已决心奔向死和痛苦，

还向整个世界挑起战斗，

为的是握握你年轻的手——

真疯狂！——再握握你的手！

由于不懂得狡猾的负心，

我把自己的心交给了你；

这样的心的价值你不知道吗？

（1832 年）

105

你是晓得的——我却没认识你！ [①]

（题纳·费·伊万诺娃的纪念册 [②]）

这是一次短短的相会，

能给我多少的安慰？

难逃的别离已来到，

我便要说一声别了。

我在你纪念册投下

狂乱的诀别的诗句，

作为在这里留下的

[①] 这里三次重复"ЗНαТЬ"一词，顿使这两行诗的诗意倍添，在译文中就成"知道""晓得""认识"这三种意蕴的跌宕起伏。从一词的妙用就可窥见诗人不凡的诗才。

[②] 这是"伊万诺娃组诗"中的最后一首。在第二诗节所提到的"狂乱的诀别的诗句"指的是在此不久前所写的《致……》（我不再对你低三下四）这首诗，本诗像是对该诗，甚至是对"伊万诺娃组诗"的全部内容（单恋的被欺骗的爱情）的简短的跋。

唯一的悲哀的踪迹。

（1832 年）

题达·费·伊万诺娃的纪念册 ①

假如命运想把你欺骗，
假如尘世要让你伤感——
你别忘将这页纸看一眼，
并想着：那正伤心着的人，
绝不会让你伤心把你骗。

(1832 年)

① 这首诗是莱蒙托夫为自己的女友纳·费·伊万诺娃的妹妹达·费·伊万诺娃的纪念册的题诗。即使在这普普通通的赠答诗中，诗人仍念念不忘命运与尘世的尖锐对立，于诗中融入严肃的社会内容。

像朝霞的光芒，列利的玫瑰 [1]

像朝霞的光芒，列利的玫瑰，

她双颊的姿色多美艳，

像拉菲尔笔下的圣母像，

纵然沉默，无语也有言。

她对人高傲，对命运顺从，

她毫无矫饰，不装模作样，

我以为，她原是为了幸福

才被上苍创造来到这世上。

但尘世把什么都可以毁掉？

对什么高贵的气度不鄙弃？

对什么样的心灵它不压抑？

---

[1] 这首诗描绘了纳·费·伊万诺娃的心理肖像，展现了上流社会"毁灭性"影响的主题。头四行与《八点多钟；天已黑；城门附近》一诗第五节的一至四行相近。列利：古代斯拉夫民族婚姻与爱情的女神。

谁的自尊心不会被它激起？
她用她那盛装打扮的假面
一时迷惑不了谁人的双眼？

（1832 年）

浪漫诗 ①

一座灰色的山岩壁立在海岸之上，

某日一声惊雷朝它的头从天而降，

把它劈成两半，在分离的岩石之间，

像条新的小径奔流起灰色的山涧。

两块悬崖无法再相约，但是它们

仍留着深的裂纹，先前结合的遗痕。

我俩也像这样在尘世的中伤下分离，

然而我对于你永远也不会成为异己。

从此我们再也不会相遇在一起，

假如有人对你提起我，你会问仔细。

纵然你会咒骂我，但你仍会想起

---

① 通常研究者往往把本诗归入"伊万诺娃组诗"，但与后者在意境上另异其趣：那里所谈多半是诗人所钟爱的女人的佯装、嘲笑以致变心，这里却只谈诗人对她的真情影响之深。从形象寓意看，本诗借鉴了英国诗人柯尔律治未完成的长诗《克里斯特贝尔》（1816 年）。

往日的情景……不由得只会咒骂自己。

从记忆中你不仅抹不掉我的话和情感，

也磨灭不净往日分分秒秒的情景！

（1832 年）

你还年轻，你的发色……①

你还年轻，你的发色，

丝毫不比黑夜逊色，

你的眼睛遇着欢快的目光，

辉耀出白昼的光泽。

你由衷讥笑可笑的事，

会像解闷般驱走悲哀，

但一切被人视为儿戏的，

你却反而舍不得抛开。

我被人生的冲浪带走，

远远离开往日的希望，

---

① 这首诗和 1831 年至 1832 年间许多诗一样，与伊万诺娃的分手是本诗创造的生活背景。初稿是直露的诗人自画像，定稿虽仍为诗人对某个人的独白，但它是在两个截然不同性格的对比之上展现的。

像个被人遗弃的游子，
我在亲人中像异客一样。

我面前驰过一些幻像，
它们曾把我的生活欺骗，
我可不是为了忘怀才诞生，
我又认出了它们的容颜。

时间并没能把他们改变，
仍是原样，我已非当年，
为何一切可爱的要毁掉，
而抱憾者却活在人间？

（1832 年）

受尽忧郁和病魔的折磨……①

受尽忧郁和病魔的折磨，

风华正茂之年我就凋残，

像告别朋友般同你道别，

但你临别的致意很冷淡。

你不相信我，你装模作样，

开玩笑似的听我的话语；

你执意嘲笑我的眼泪，

以便虽表同情也不表爱意。

告诉我，为什么这样报复我？

我不对，夸赞过别的女性，

难道我没有在你跟前

---

① 这首诗是针对纳·费·伊万诺娃写的，情节上脱胎于巴拉丁斯基的《辩解》（1824—1827），但在风格上两者互有区别：巴拉丁斯基采用"轻松诗"的传统，莱蒙托夫的诗充满迷恋与敌视的悲剧情节。

请求过宽恕？但当狂徒们
将你团团包围在中心，
你独自只凭美貌而摆出傲态，
尽把他们的目光吸引，
难道我曾中断过对你的爱？
我远远望着，几乎在祝愿：
你的光辉在别人眼中陨落；
你对于我的重要有如那
天国的幸福之于谪放的恶魔。

(1832 年)

116

一旦生命的弥留时光……①

一旦生命的弥留时光，
永使我的目光郁郁不快，
诗人的心灵即将飞往，
举行绞刑或得救的世界，
或许，令人遗憾的判决，
命令它返回由来的人寰，
在那里，它几多时日
曾在凄苦的生活中熬煎；
那时我将和你在一起，
请你当心别对我背叛。

············

（1832 年）

────────────

① 这是一首未写完的诗，有人（根据不足）认为本诗是对长诗《恶魔》第三稿的献词。安德罗尼科夫认为它是写给伊万诺娃的，续写着那个开始于《信》（1829 年），结束于《死者之恋》（1841 年）的死后的爱与嫉妒的主题。

十四行诗 [①]

凭回忆我和枯萎的幻想共存，
我眼前聚集着逝去年华的幻影，
你的倩影也置身其中，恰似那
明月辉耀在夜半徘徊的云层。

你的威慑常令我感到难受：
你那微笑，你那迷人的眼睛，
枷锁般捆束住我这被俘的灵魂，
但你不爱我，这对我就等于零。

我深知，你并不鄙夷我的求爱，

---

① 这是"伊万诺娃组诗"中的一首，也是莱蒙托夫所写的唯一的一首十四行诗。沉思体哀歌的内容找到了与之相符合的诗行冗长的韵律（六音步抑扬格）和十四行诗的表现形式。译文采用了与原文相近的五顿的节奏。

但你总是冷冷地对它倾听；
有如大理石雕像屹立在海岸上，
波浪正在它身旁沸腾和翻滚。

而它，仍然是无动于衷的偶像，
虽不愿把海浪踢开，但也不倾听。

（1832 年）

病在我心头，但已没有救……①

病在我心头，但已没有救，

我凋残在芳华之年！

算了吧！我并非世俗享受的奴隶，

并非为别人活在人间。

只有一个人支配着我的心，

但是我们已各奔前程，

我们彼此分了手，上苍也希望

你我入墓前莫再相逢。

我默默地望着西天：那里

高傲的夕阳，余晖犹存，

我真想随它而去：它也许知道，

怎样使心爱的一切复生。

也许，在似火夕阳的炫目下，

① 这是"伊万诺娃组诗"中的最后一首。与组诗中其他各首脱离书面诗的传统不同，本诗表现了对这一传统的回归。

我将会忘却，哪怕一瞬，

那处处跟着我形影不离的

迷人的眼睛和临别一吻。

（1832 年）

小舟 [①]

受了奇异的力量的捉弄，

我被逐出了情爱的王国，

像一叶毁于风浪的小舟，

被暴风雨抛上沙岸停泊；

纵然潮水百般抚慰着它，

残舟对诱惑已无心问津；

它自知对航海已无能为力，

假装出它正在瞌睡沉沉；

任谁也不会再托付给它，

装运自己或珍宝的重任；

---

① 这是诗人在"小舟"的标题下所写的两首短诗之一（另一首写于 1830 年）。诗人以半讽刺的口吻抒发他到圣彼得堡后的感触。此时孤独的感觉因父亲的亡故和与伊万诺娃的分离而愈益加深。此诗在音韵和个别形象上都和稍后所写的《帆》相似，而且也以宁静为探求的目标，但格调不如《帆》高。

它不中用了，却很自在！

他死了——却得到安宁！

（1832 年）

致……①

我的歌充满哀愁，但有何必要！

朋友，你永远听不出它的奥妙。

从我为之而生和苦恼的人的嘴上，

我的歌无法把圣洁的笑容赶跑。

---

① 这是献给女友洛普欣娜的一首爱情诗。瓦·亚·洛普欣娜是诗人所爱过的女性中与他最情投意合的人。诗人于 1831 年认识她后就一见钟情，治愈了因与伊万诺娃分手心灵所受的创伤。洛普欣娜聪颖、美丽、热情奔放，具有诗人的气质，深受莱蒙托夫的钟爱。但由于诗人从莫斯科转到圣彼得堡后，一度出没于上流社会的交际场所，对她有所淡忘，而且久处两地，最后（1835 年），洛普欣娜在父母的压力下不再等他了，嫁给了上流社会一个中年男人。据有人推测这与上流社会流传诗人与苏什科娃的罗曼史有关（洛普欣娜对诗人也产生了误会）。诗人在失去洛普欣娜的爱之后，悔恨之余以匿名信的方式结束了与苏什科娃的交往。从此，对女人的变心更有切肤之痛，失恋的苦涩之情长期渗入他的作品。但是，诗人与洛普欣娜之间的纯洁感情，仍以友谊的形式保持终生，诗人写过多首献给洛普欣娜的抒情诗。这一爱情创伤也使洛普欣娜郁郁寡欢，过早地离开了人世。

你耳际飞不去我的一词或一音——
我莫名的痛楚发出的不安之声。
你的柔情不可能给诗人以慰藉：——
他又何苦扰乱你心灵上的平静。

啊，不是的，只是我转念一想到，
眼泪将使你洋溢幸福的明眸黯淡，
我就想窒息胸中回荡的狂热歌声，
纵然从前为了它你才把诗人爱恋。

（1832 年）

致……①

一

别了！我们再也不会相见，

我们的手不会再相握；

别了！你的心已得到自由……

但在别人处找不着幸福。

我知道：带着痛苦的激情，

你的心还会开始颤抖，

一旦你听到了那个人的姓名——

他死去了很久很久。

①　这首诗写在诗人由莫斯科去圣彼得堡之行的前夕。有人认为是
写给伊万诺娃的，有人则认为是献给洛普欣娜的。第二诗节是《有
些话——它的含义》的变体，第三诗节好像是长诗《恶魔》中恶魔
吻塔玛拉和她立即身亡的情节的草稿，两者都围绕着"永恒与瞬间
的对立"这个莱蒙托夫的基本主题。

二

有些声音，毫无意义，
受到高傲的人们的鄙夷，
然而它们无法被忘却，
像生命，和心融成一体；
像埋在墓中，往日的一切
都埋在这神圣声音的底层；
世上只有两人能懂得它们，
也只两人会为他们心惊！

三

我们俩在一起不过一瞬，
但在它面前永恒等于零；
我们突然枯竭了千种情感，
只消热吻就将它们烧尽；
别了！莫要欠明智地惋惜，
莫要惋惜这短暂的爱情；
别离对我们非常地痛苦，
但相逢会令我们更苦痛！

（1832 年）

127

反复说着离别的话……①

反复说着离别的话，

你的心却满怀着希望；

你说还有另一次人生，

你大胆信它有……但我怎么想？……

别去管受难人！——你可安心：

无论这神圣的世界何处有，

你对两次人生都无愧于心！

但对我，一次就已经足够。

不堪忍受短短路程的人

怎能朝无限的境界进发？

---

① 本诗采用向恋人抒情独白的形式，但并没有暗示具体向谁倾诉心声。除了一行恋人的回答外，全诗充分袒露了诗人对前途的悲观情绪：对往昔的诀别带来的不过是未来的遥遥无期或虚空的永恒。

这种永恒会把我压得粉碎，

不得休息也令我惧怕！

我已把往昔永远埋藏，

对未来丝毫不再挂念，

尘世拿走了自己的凡物，

但决不会将它归还……

（1832 年）

她并未用她那高傲的美色……①

她并未用她那高傲的美色，

去诱惑活泼可爱的青年，

她并未把无言的钟情者们，

吸引在她自己的身后边，

她的体态并不像是女神，

她的酥胸没有波浪般隆起，

更无一人把她认作

自己的圣物而匍匐在地。

但是她的一举一动，

她的微笑，言谈和姿容

是如此充满活力和灵感，

是这般洋溢美妙的清纯。

---

① 有人认为此诗的题旨在于把两个恋人，即伊万诺娃和洛普欣娜做一对比，前者是世俗的美女，后者是灵肉兼美的女性。诗的第一至十二行与长诗《恶魔》第一百二十五至一百三十行有些相似。

但有如美好岁月的回忆，

她的声音洞穿我心灵，

我的心儿既爱又痛苦，

几乎羞于承认这爱情。

（1832 年）

死！这个字眼听起来多响亮！……①

死！这个字眼听起来多响亮！

它的含义多么丰富又多么欠缺：

最后一声呻吟——万事大吉，

无需进一步查问。以后如何！

以后把您好好放进棺材里，

蛆虫将会啃噬您的骸骨，

而后继承人将会在某个时辰，

竖块墓碑压在您的坟头。

他会在教堂追荐您的亡魂，

宽恕过去的每一桩旧怨，

关于此事（我可不敢这样说）

您已注定会无法听见；

---

① 这是莱蒙托夫装在 1832 年 8 月 23 日寄给玛·亚·洛普欣娜的信中的一首诗。此诗的另一个版本纳入了抒情诗《人活着有什么意思！……一帆风顺……》的内容之中。

假如您是带着信仰辞世的，

在入墓前曾是个基督教徒，

那么坟头那块花岗岩至少说

会把您的芳名保存四十个春秋，

上面还写着两行忧伤的诗句，

十分幸运的是您本人

并不会永远把他们诵读，

而如果一个有官衔的人，

想在墓地上找一个位置，

那么一把埋葬的铁锹，

定会挖掘这拥挤的墓地，

粗暴地把您扔出坟墓，

也许，用您那堆骨头，

浇上一点水，撒上一些米粒，

厨师会做出一碗汤来——

（这一切很友好，并无恶意）

而后那如饥似渴的胃口，

将赞不绝口地夸赞您，

而后胃将会把您煮烧，

而后——但如蒙您应允，

我到这里就算讲完了；

对您来说这也就够了。

（1832 年）

人活着有什么意思！……一帆风顺……①

人活着有什么意思！……一帆风顺，

或一波三折——忧愁到处缠身，

有如那个惴惴不安的护身符，

有如忠贞的妻子那样地贴近；

同喧嚣的人群待在一起不坏，

在高高的石墙外面坐坐真欢，

品尝一下爱和憎的滋味挺美，

好以后有朝一日再谈论一番；

你会有意无意地到处认出，

在高傲的一本正经的表情下——

---

① 这首诗写墓地，饱含悲观主义的情调。诗人将此诗与《为什么我出生到世上》同时装入了给玛·亚·洛普欣娜的一封信中。这首诗受了《叶甫盖尼·奥涅金》第二章三十七、三十八节的影响。诗人自己曾对人说过："这首诗和《为什么我出生到世上》一起很好地传达出我此时此地的心境，比用散文写还好。"

每个男人不过是愚蠢的阿谀者，

每个女人不过是不忠的犹大。

如果您努力把他们看个明白，

您就会感觉死越发令人欢快。

死！这个字眼听起来多响亮，

它的含义多丰富又多么欠缺，

最后一声呻吟——万事大吉，

无需进一步查问。以后如何？

以后把您好好放进棺材里，

蛆虫将会啃噬您的骷髅，

而后继承人将会在某个时辰，

竖块墓碑压在您的坟头；

他们凭着自己一片好心，

会宽恕您的每一桩怨恨，

为了您的（也为了教堂的）利益，

想必他们把您的亡魂追荐，

关于此事（我可不敢这样说）

您已注定会无法听见。

假如您是带着信仰辞世的，

入墓前曾是个基督教徒，

那么坟头那块花岗岩至少说

会把您的芳名保留四十个春秋；

假如您的墓穴过于拥挤，

那么，定会有不逊之手伸来，

刨开您那块狭窄的安身之处……

给您放进另一口新的棺材。

有一位温柔的女郎会默默地

独自地躺在您的身旁，

她温顺、可爱，虽然苍白……

无论她的呼吸，还是目光，

都不会搅扰你灵魂的安谧，

这是多大的幸福啊，我的上帝！

（1832 年）

137

为什么我出生到世上……[①]

为什么我出生到世上，

没有成这碧蓝的波浪？——

否则我在银色的月光下，

会奔涌不息、哗哗喧响。

啊，我将炽烈地亲吻

我的金灿灿的沙岸，

我将目空一切地鄙视

对我疑神疑鬼的小船；

人们得意炫耀的一切，

都会被我的袭击毁掉；

我会把受苦受难的人们，

---

① 此诗最初系由莱蒙托夫附在他 1832 年 8 月 28 日写给玛·亚·洛普欣娜的信中。他当时在圣彼得堡，前一天发了大水，他站在朝着运河的窗口，在月光下望着滔滔波浪，浮想联翩，命笔成诗。诗人自比波浪，恨自己不是波浪，他渴望像波浪一样行动，但有着波浪无法理解的复杂感情。

搂进我这冰冷的怀抱；

我就不再怕地狱之苦，

并且不再受天堂迷惑；

焦急不安和淡漠无情，

会成为我永恒的法则；

在这路远迢迢的北国，

我就无需再设法解愁；

那我生来可自由地生活，

从出世到生命的尽头！——

（1832 年）

帆 ①

蔚蓝的海面雾霭茫茫，

孤独的帆儿闪着白光！……

到遥远的异地它寻找什么？

它把什么抛弃在故乡？……

呼啸的海风翻卷着波浪，

桅杆弓着身在嘎吱作响……

唉！它不是在寻找幸福，

---

① 诗人站在圣彼得堡波罗的海之滨望着茫茫的大海，思绪万千，写下了这首名诗。诗人在表现孤独、自由等主题时塑造了漂浮于大海、祈求风暴的孤帆这一意象，表达了诗人内心那股冲破牢笼的强烈渴望。全诗每个诗段都是一、二行写景，三、四行写情，情景相生，耐人寻味。第一诗段写孤傲不群，第二诗段写孤独出自对现状的厌倦，第三诗段写消除孤独不宁的希望寓于叛逆的风暴之中，结构极为严谨。此诗最初是附在诗人给玛·亚·洛普欣娜的信中的。著名俄罗斯作曲家瓦尔拉莫夫等已将此诗谱成七十多首抒情歌曲，实际上它已变成了民歌。

也不是在从幸福① 身边逃亡!

底下是比蓝天清澈的碧流，
头上泼洒着金灿灿的阳光……
不安分的帆儿却祈求风暴，
仿佛风暴里有宁静蕴藏!

（1832 年）

---

① 这里所谓幸福，是指世俗概念中的幸福。对它既不寻找也不逃
避，是指处于一种对现状已经厌倦，但还未彻底决裂的彷徨状态。

祈祷①

圣母啊，如今我来向你祈祷，

对着你的圣容和你的光轮，

不求你拯救，不临战求平安，

不向你忏悔，也不对你谢恩。

我祈祷，更不为我这空寂的灵魂，

我这举目无亲的飘零者的灵魂；

我要把一个纯真无邪的少女，

交给冷漠尘世中热情的保护人。

---

① 这首诗是诗人献给女友瓦·亚·洛普欣娜的。但传递的方式是装在诗人给她的姐姐玛·亚·洛普欣娜（1802—1877）的信中。1831年莱蒙托夫爱上了这位聪明、活泼而富于想象的可爱的姑娘，虽然后来在家庭的压力下她嫁给一个比她大得多的人（1835年），但莱蒙托夫对她诚挚深沉的感情至死不渝，在诗中多次提到了她的形象。此诗的主题不限于爱情，诗人以崇敬天国为名，抨击了尘世，在虔诚的祈祷声中响起了人间心酸的曲调，使爱情变得像水晶一般纯洁，像青松那样常青。

请把幸福赐给我这受之无愧的心灵，

让体贴入微的人们伴它终身，

让这颗善良的心有所希冀，

享受青春的光辉和暮年的宁静。

待到辞别尘世的时刻来临，

无论是沉寂的夜晚或喧闹的清晨——

求你派一名最最圣洁的天使，

到病榻前迎接这美好的灵魂。

（1837 年）

我俩分离了，但你的姿容……①

我俩分离了，但你的姿容，
依旧在我的心坎里保存，
像韶光留下的依稀幻影，
它仍在愉悦我惆怅的心灵。

我虽然委身于新的恋情，
对你的幻影却难解难分，
如冷落的殿堂总归是庙，
推倒了的圣像依然是神。

（1837 年）

---

① 这是一首怀旧的爱情诗，是献给瓦·亚·洛普欣娜的。诗人用
了一个贴切而新鲜的比喻，形象地描绘了他对忍痛与之分离的恋人
难断的旧情。诗中用幻影代替恋人本身，突出了"永恒的爱"的主题。
本诗受了巴拉丁斯基《保证》一诗的影响。

我是偶然给您写信；说真的……①

我是偶然给您写信；说真的，

不知道怎么写，为的什么。

我已失去这种权利了。

对您说什么好呢？没什么可说，

我怎么还记得您？但，上帝，

这点您早就知道其所以；

当然，对于您是无所谓。

您也无需知道：我在何方，

我是谁，住在哪方僻壤。

---

① 这首原名《瓦列里克》的长达二百六十六行的抒情诗，是献给瓦·亚·洛普欣娜组诗中重要的一首，是莱蒙托夫写得最长、最客观的抒情诗，也是诗人把诗与散文经常艺术地"交换"的见证。这首诗是莱蒙托夫继《波罗金诺》之后对于战争题材的更新处理，具有史料的价值。在客观上反映出诗人对沙皇野蛮镇压高加索山民的反对立场，草稿中还有三十九行在定稿中被略去。本诗描写战争场景的现实主义精确性和记录的可靠性，对列夫·托尔斯泰写战争题材的书产生了积极的影响。

我们心灵上彼此格格不入，
不见得有心灵上共同之处。

我重温往事的所有篇章，
用如今已凝固了的心智，
一篇一篇地再细加分析，
对一切的信心全都丧失，
多少年来用心儿对自己
口是心非可真是太可笑；
假如能骗过世人倒还好！
何况相信不再存在的东西，
到底有没有这种必要？……
去疯狂期待阙如的爱情？
我们时代一切感情都短暂；
但我还记得您，千真万确，
我怎么也无法把您遗忘！

首先是因为我深爱过您，
久久、久久地将您爱恋，
后来又为这幸福的日子

付出了我的痛苦和不安；
后来又在无用的悔恨中，
我拖着沉重岁月的枷锁，
并用冷酷的沉思扼杀了
我人生途中最后的花朵。
我小心翼翼地与人接近，
忘却了童年淘气的喧闹，
忘却了爱情和诗，但是，
我却无法把您也忘掉。

……

但我生怕让您觉得厌烦，
您在其乐陶陶的人世间，
对战争的恐怖会感到可笑；
您不习惯用对死的悬念
来使自己的心惴惴不安；
在您这张年轻的脸庞上
找不出烦恼和忧伤的痕迹，
您没有在附近什么地方

看见过人是怎样死去的。
但愿上帝可别让您看见，
其他的不安早塞满心田。
倒不如在自我忘怀之间
走完您这人生的路程，
倒不如怀着期盼早醒的幻想
做它一场不醒的酣梦。

而今再见了：假如我的
这段平铺直叙的故事
还能多少引起您的兴趣，
我将会感到幸福之至。
否则，就请原谅我的调皮，
轻轻地骂一声：怪东西！……

（1840 年）

从那神秘而冷漠的半截面具下……①

从那神秘而冷漠的半截面具下，

向我传来你欢快如幻想的声音，

你那迷人的眼睛朝我频送秋波，

你那狡狯的芳唇对我轻笑传情。

透过淡淡的轻烟我无意中看见：

你那童贞的双颊和白皙的脖颈。

多走运！还看见一绺调皮的柔丝，

它散离了自己嫡亲的发髻的波纹！……

---

① 这是诗人晚期典型的内心抒情诗之一，与他早期的爱情诗不同，不是恋新，而是怀旧；不是向女性直抒胸臆，而是塑造女子的艺术形象。诗中用了对比的手法，抚今追昔，重温早已逝去的罗曼史。"冷漠的半截面具"一语双关，除描绘外，兼有隔膜和不协调的象征意义。诗人在心中珍藏的幻影指的是他过去的女友洛普欣娜（见《不，我如此热恋的并不是你》）。诗人歌颂了心灵的纯洁和美，抑贬了搔首弄姿的美人空虚的灵魂。

此刻，我便在自己的想象之中，
以清淡的轮廓勾画我的美人：
从此以后我便在自己的心里，
珍藏、抚爱有灵无肉的幻影。

我总觉得，在那逝去的岁月里，
我似听过这娓娓动听的言谈；
有人还悄悄对我说：这次会面后，
我们将如故友重逢再次相见。

（1840—1841 年）

不，我如此热恋的并不是你······①

一

不，我如此热恋的并不是你，

你的芳姿对我失却了魅力；

在你身上我那往昔的惆怅，

和那早已消逝了的青春时期。

二

有时当我看着你的面庞，

盯着你的双眸久久地凝望，

此刻我在进行神秘的交谈，

然而并不是对你倾诉衷肠。

---

① 此诗是莱蒙托夫献给他的远亲贝霍维茨的。她长得有点像洛普欣娜。这首诗和一般的爱情诗不同，是借题发挥，而不是对诉情怀；是旧情难忘，而不是见异思迁；是所遇非所爱，所爱无缘遇，而不是男欢女爱，美满无比。这是回荡在莱蒙托夫爱情诗中的怀疑与否定的主旋律。

三

我在和年轻时的女友畅述情怀，
在你的面颊上寻找另一副面颊，
在健谈的嘴上寻觅沉默了的嘴，
在眼里探寻明眸熄灭了的火花。

（1841 年）

附记：洛普欣一家姐、哥、妹三人的生卒实况

洛普欣娜·玛丽亚·亚历山德罗夫娜（1805—1877，72 岁，或称"玛·亚·洛普欣娜"）

洛普欣·亚历山德罗维奇（1813—1872，59 岁，或称"亚·洛普欣"）

洛普欣娜·瓦尔瓦拉·亚历山德罗夫娜（1815—1851，36 岁，或称"瓦·亚·洛普欣娜"）

瓦·亚·洛普欣娜比姐姐小 10 岁，比哥哥小 2 岁，因郁郁寡欢而早亡。

浪漫诗

致友人 ①

我天生有颗火热的心，

喜欢和友人交往，

有时也爱开怀畅饮，

好快些消磨时光。

我不贪恋赫赫的名声，

爱情才暖我心灵；

竖琴发出的激越颤音，

也使我热血沸腾。

---

① 抒情主人公虽然想按传统的方式歌颂友谊和爱情，畅抒心怀，但他的竖琴上奏不出舒心的曲调来，结果是用笑掩饰的苦更苦，借酒浇灭的愁更愁。从此诗可以看出莱蒙托夫"怀疑、否定、痛恨的思想"（赫尔岑语）的初步流露。在普希金和十二月党人的直接影响下，莱蒙托夫 1829 年的抒情诗中即已形成在尼古拉俄国的条件下"人的悲剧命运"这一基本主题。

但往往当我欢笑之际，
心儿会痛苦、忧愁，
在狂饮尽兴的喧声里，
忧思压在我心头。

（1829 年）

浪漫诗 ①

对阴险的人生深感不满，

屡屡受骗于卑鄙的中伤，

一位任性不羁的放逐者，

朝着金色的意大利飞翔。

"朋友，"他说，"难道我能

忘记你吗，北国的美酒？

我怎忘得了在宁静的闲暇，

它曾让我们乐在心头？

"忘记那雪原和寒冬的狂风，

莫斯科少女那炙热的目光，

---

① 这是相当于音乐中的浪漫曲的抒情诗题材，多半吟唱爱情，莱蒙托夫多次采用过它。本诗是在贵族寄宿中学时期的作品，是逢诗人批评家舍维辽夫（1806—1864）遭受排挤而去意大利时所写，对他在《莫斯科导报》中坚持正义的行动表示敬仰。这也是对普希金在 19 世纪 20 年代广泛采用过的放逐主题的继承。

巴拉莱卡的民间的琴声
和夜晚令人陶醉的低唱？
我心灵中的心灵啊，
难道异国之地、悲伤之情、
鄙夷的人们倾吐的话语，
能从我的记忆中将你磨平？

"不，在翠绿的香桃木下面，
在海尔威齐亚①的悬崖峭壁间，
在很多人居住的罗马城中
你将时刻出现在我的眼前！"
他坐进马车，紧裹着斗篷，
一路上乏味地向前飞驰，
那单调的铃铛丁零丁零地，
响着，响着，在远处消失！

（1829 年）

① 海尔威齐亚：瑞士西北部的古城，也可以用以泛指瑞士。

160

致女神 ①

每当我的眼睛在暗夜里没有合闭，

漫无目的地环顾四周，每当往事的

愧疚呼唤我情不自禁地奔向回忆，

我总要沉湎于多么沉重的幻想境地！……

啊，突然间多少人影和爱的见证人

成群地挤进我的胸怀！……我在爱！

我想得出了神，反复地对他们说。但眼前有一张

满含忧郁的负心少女的脸闪现出来……

我尝到了幸福，甜蜜的一瞬已消失，

有如天空中那流星的光辉一闪即逝！

但我哀求你，我忠贞不渝的女神，

让我再爱一次吧，让那灵感的热情

---

① 诗中既有通常哀歌的情调，又有现实的传记内容，两者相互交织。从诗中可以看出普希金对诗人的影响和诗人对萨布洛娃的醉心迷恋。

给我一瞬，最后一瞬的温暖吧，

然后就让我心中的热情永远地冷却。

但愿先让我那沉思的排箫的声响，

首先传到我心灵的女皇们的居处！

我哀求你，哀求你，我神圣的天使，

把我的神杖和金色的竖琴挂上苹果树梢，

并请你写清楚：灵感们曾在这里安身！

诗人曾在这里尝过爱情的真实欢乐……

……我会再来这里的，将认不出你们，

响亮的琴弦啊！……

但你忘记了，我的朋友！夜晚时分，

我们坐在凉台上的情景，像个哑巴，

我怀着经常有的悲哀在望着你，

你可记得那个瞬间：用长披肩披挂，

我垂下了头，依偎在你的胸口——

你的回报便是叹息，我握住你的手，

你的回报便是那目光，热情而羞涩！

只有月亮是我那最后的纯洁欢乐的

默不作声的唯一的目击者！……

这些欢乐的火焰早在我胸中熄灭！……
但，亲爱的，经过了一年的别离，
当我把欢乐和痛苦统统都忘记，
你为什么又想让我来迷恋于你？
忘掉我的爱情吧！顺从命运吧！
诅咒我的目光和我甜蜜的欢欣吧！……
忘掉我吧！但愿他人的目光点缀你的青春……
你啊，延伸着永恒海洋般的太空的
那个广袤无垠的国度里的地道居民，
还有这颗恬静可贵的纯洁的良心，
心灵的守护者们哪，永远别跟我离分！
我将会喜爱月亮的无精打采的光辉，
如爱那可爱的已逝年华的模糊丰碑。

（1829 年）

致……①

你别用美色来把我招引！

我的精神凋萎而又老迈。

啊！另一双眼睛多年来

深深地铭刻在我的脑海！……

为了它，我忘却整个世界……

为了那难以忘怀的时刻：

但如今我像个乞儿，爵士，

像个与世隔绝者独自踟蹰着！

犹如暗夜中的一个旅人，

看见了在途中徘徊的灯盏，

他赶在后面……用手去抓……

---

① 这是诗人写给他母亲的姨妹安娜·格里戈利耶夫娜·斯托雷平娜（婚后为菲洛索弗娃）（1815—1892）的情书。根据爱亨巴乌姆等研究者推断，安娜·格里戈利耶夫娜应是诗人的第二次恋爱的对象，和她的名字相连的诗还有《致天使》《致树》等。

滑跌的脚下是个万丈深渊。

（1829 年）

浪漫诗 [①]

温柔的心里装着纯洁无邪，
青春期没品尝情欲的激荡，
朋友，你可以带点天真地说：
我有过幸福的时光！……

谁如若过早地尽情享过乐，
而在内心里把愤懑之情掩藏，
朋友，他便会沉入幻想后说：
我有过幸福的时光！……

---

① 在莱蒙托夫抒情诗的宝库中，"浪漫诗"这一体裁就有七首之多。这首诗在贵族寄宿中学时期的习作之一，原是写给德·德·杜尔诺夫的，是对伊·伊·德米特里耶夫的"斯坦司"的模仿，两诗都建立在"无邪的少年"与老成的对比之上。

然而在这昙花一现的人生里，

竟把如许绝望的冲动品尝，

以致我无法襟怀坦白地说：

我有过幸福的时光！……

（1829 年）

致尼娜 ①

（译自席勒）

啊，那往昔幸福的幻想，

你消失在阴森的昏暗中！……

只因为一颗美丽的星辰，

可怜的孤儿我落魄失魂。

但有如我这颗星的辉耀，

昔日的幸福是虚有其形。

…………

纵令怀着金黄色的幻想，

你将永远紧闭你的眼帘，

我也会怀着痛苦将你保存，

---

① 这是诗人对席勒《安·埃马》（1796 年）一诗的翻译。诗人在
一定程度上保留了原作的情韵和风格，但也有一些误译。席勒的这
首诗有多种俄译本，茹可夫斯基在前，伊·柯兹洛夫等人在后都曾
译过此诗。

因为你仍然活在我的心间。

⋯⋯⋯⋯⋯

尼娜！是不是终有一天
爱情的痛苦会消踪无影？
人世的风暴是不是也会，
带走那热烈情焰的激动？
或者天国的火焰会熄灭，
像人间微不足道的才能？⋯⋯

⋯⋯⋯⋯⋯

（1829 年）

致格鲁吉津诺夫 [①]

我想对你说，我亲爱的朋友，

我觉得你是很可笑的人，

我是缪斯执着的崇拜者，

为她们甚至把自己牺牲！……

这是枉然，亲爱的朋友，

谁也难诱住阴险者的心；

要知道缪斯们全是女的，

你想谁见过知恩的女人？……

（1829 年）

---

① 约瑟夫·罗曼诺维奇·格鲁吉津诺夫（1812—1858）是莱蒙托夫贵族寄宿中学时代的同窗，也写诗，于 1830 年出版过诗集《齐特拉琴》。第三、四两行诗是借鉴了尼·米·雅兹可夫的《致阿·尼·奥奇金》的。

潘[①]

（仿古诗体）

朋友们，每当天光熄灭在小河彼岸，

我总爱躲到森林那神秘的覆盖下面，

或藏到荒原那茂密的花楸树丛中间，

尽情欣赏那雾气弥漫的青春的旷原。

此刻潘便携带一大群牧人来到，

在天鹅绒般的草地上围着我舞蹈。

但羊神往往独自在我面前出现，

授予我一种圣洁的创作的灵感：

微微的醉意抚摸着那长角的头，

———————————

① 这是借鉴普希金在19世纪20年代前期所写古典抒情诗风格而
写的早期抒情诗，用的是亚历山大诗体（即六音步抑扬格的双行
诗）。诗人在手稿中曾注明"在谢列德尼科沃"，这是诗人祖母弟
弟德·阿·斯托雷平的孀妇在莫斯科近郊的庄园，诗人曾在这里度
过几个暑假，潘——希腊神话中的牧神，是牧人的保护者，长得像
人，却又有羊蹄、羊角和羊胡子。

他一手拿着酒杯，芦笛在另一手！
他教我唱歌，我便在阔叶林深处
边玩边唱，全没有对声誉的渴求。

（1829 年）

契尔克斯姑娘 ①

我见到你们：山丘和田畴，

千姿百态的山峦的灌木林，

野韵犹存的大自然的美景，

草原的僻壤上幸福的人们，

沉静而淳朴的氛围中的风情！

但在捷列克河流过的地方，

我见过一个契尔克斯姑娘——

少女的明眸勾住了我的心房，

思想便不禁展翅飞走了，

在那遥远而可爱的山崖间游荡。

_____

① 受传统的影响，特别是受普希金《高加索的俘虏》的启迪，莱蒙托夫把 1825 年在伊斯兰教的拜兰节时在高加索的阿治山村所见到的契尔克斯姑娘作为诗化的对象，写成这首诗。诗中提到"悔恨的精灵"可作为诗人写恶魔主题的最早佐证之一。

一如那个悔恨的精灵，

听见天国的声音后飞走了，

想再看一眼天庭的景观：

入墓前情爱和痛苦的呻吟，

也这样总回响在我的心间。

（1829 年）

哀歌 ①

哦！假如我的岁月消逝在

甜甜蜜蜜的平静与忘怀之床，

摆脱掉人世间的无谓奔忙，

远离那上流社会的风风浪浪，

假如青春的游戏制服想象力，

能再变成我生活中喜爱的对象，

那么，我将和欢快永不分离，

那么，我大概不会再去寻找

生的享受、名的陶醉和人的赞扬。

但世界在我看来空虚和无聊，

纯真的爱情无法把我的心诱惑：

我寻求的是反叛和新的感觉，

---

① 这是诗人在青少年时期所写的两首哀歌（另一首写于 1830 年）之一，风格上很像茹可夫斯基和巴丘什科夫的"忧郁的"哀歌，是因感情熄灭和心灵衰老而生的凄然沉思。

这些感觉即使用它的讽刺，

也能使我那毁于忧伤、痛苦，

毁于早熟的激情的血的奔驰！

（1829 年）

一位年轻的渔夫住在荒原上……①

一位年轻的渔夫住在荒原上，

忘记了自己不宁生活的动荡，

有一天，他走上河岸的峭壁，

漫不经心地垂下了钓竿，

坐在寂静清澈的河面旁

守望，

但他心中的思绪

朝着那逝去的幸福飞翔。

（1829 年）

---

① 这是歌德的短歌《渔夫之歌》（1799 年）的意译。

177

相遇 ①

（译自席勒）

一

她独自鹤立在少女们中间，

我至今仍看见她如在眼前；

有如那春天的阳光，她全身

辉耀着欢乐而高傲的美艳。

我的心不由得为她愣住了；

我远远望见一群妙龄女郎；

但宛似从天上飞来的雷神，

我的手指突然把琴弦弹响。

---

① 本诗是莱蒙托夫对席勒 1797 年所写同名诗前两节的意译。除把后半首诗删译外，他还把它改成论诗创作的诗。阿克萨可夫等曾对此诗进行了全译。

二

我在这美妙的瞬间感觉到了什么，
唱了什么，如今我枉然把它重唱。
我找到了直到那时仍陌生的声音，
我倾吐了水流般奔涌的纯洁思想。
我的心因这崇高的感情而不自在，
便在刹那间砸碎了自身的锁链，
心灵中迸发出早被遗忘的梦幻，
和年轻时的激情，年轻时的灵感。

（1829 年）

祈祷 [1]

请别责备我，万能的上帝，

我现在求你：不要惩罚我，

就为怪罪我爱这人间的

坟墓般的黑暗和激情之火；

就为怪罪你生动的言语

很难得流进我的心怀；

就为怪罪我的心远离你，

而在迷惘中不断徘徊；

就为怪罪灵感的熔岩

---

[1] 这首诗和《帆》《天使》一样，是莱蒙托夫早期抒情诗高峰之一。构思的新颖、思潮的起伏、情理的交融使本诗成为令人回味无穷的抒情诗精品。诗人在这里从忏悔开始，接着却是自我辩解，最后急转直下，出现悲剧性的挑战与对抗，我由"被告"的地位顿时转入原告的地位。这时读者才恍然大悟"上帝"在诗中所充当的真正角色，情不自禁地判断起"上帝"与"我"的是非曲直来。实际上，上帝的拯救就是埋葬抒情诗主人公理想的坟墓。

在我的胸中沸腾翻滚；
就为怪罪粗野的激动
给我的眼帘蒙上阴影；
就为怪罪我嫌人世太窄小，
我又怕深入你的心灵，
天哪，没有经常向你祷告，
用我所唱的罪孽的歌声。

但求熄灭这奇异的火焰为
能把一切都焚毁的篝火，
但求把我的心变成顽石，
闭住我饿狼一般的眼眸；
主啊，但求我能摆脱掉
对诗创作的可怕的渴求，
那时我将再次求助于你，
走上那艰难的拯救之路。

（1829 年）

高加索 [1]

南国的山峦啊，虽在朝霞般的年光，

命运就从你们身旁夺走了我，

但到此一游把你们永刻在心头：

像爱一曲醉人的祖国的赞歌，

我爱高加索。

在童年的时候我就失去了母亲，

但我恍惚听得，当艳艳夕阳西落，

---

[1] 高加索是莱蒙托夫创作的摇篮和自由的象征，他从童年起直至逝世止一直与高加索有不解之缘：1818 年、1820 年、1825 年三次随外祖母到此地疗养，1837 年、1839 年两次被沙皇当局发配到此地，1841 年在沙皇当局设置的决斗圈套中，也在此地遇害，并被埋葬在这个地方。高加索的主题贯穿了莱蒙托夫整个创作生涯。此诗主要是写对 1825 年那次高加索之游的回忆：第一段写山峦，第二段忆母亲（指五年前的触景生情），第三段思意中人。用"美妙的秋波"表现，即诗人自称在 10 岁时在高加索矿泉认识并爱上的一个 9 岁的金发女孩。

那草原，总向我把铭心的声音①传播。

就为这，我爱那峭壁险峰，

我爱高加索。

山谷啊，跟你们一起时我真幸福，

五年逝去了，你们总在我心窝，

在你们身边我见过美妙的秋波，

想起那顾盼，心儿便喃喃地说

我爱高加索！……

（1830 年）

---

① 指来蒙托夫幼年，萦回于耳际的母亲的歌声。

斯坦司

我爱凝望我的姑娘，
当她羞得涨红了脸，
犹如那绯红的晚霞，
在狂风和暴雨之前。

我爱谛听月夜林中，
她发出的一声长叹，
好像金弦琴的幽音，
正在和那冷风叙谈。

然而更使我心醉的，
是她祷告时的泪珠，

宛似淳朴的海鲁文 ^①

正仰望着上帝痛哭。

（1830 年）

---

① 亦译司智天使，是九天使中的第二位。据《圣经》传说，作为"上帝使者"的天使负有服侍上帝、传达神旨、保佑义人等使命。

你可还记得，我们俩……①

你可还记得，我们俩，

在傍晚分手时的情景？

那时晚炮隆隆地响起，

我们俩很激动地谛听……

那时晚霞就快熄灭了，

海上的夜雾越聚越浓，

炮声有力地飞驰而过，

蓦地消失在深渊之中。

忙完了一天的劳作后，

我常常在幻想里见你，

---

① 这首诗是莱蒙托夫对英国诗人托马斯·莫尔（1478—1535）《晚炮》一诗意译。译文保持了原诗的形象性和哀歌的笔调，但在节奏、音调和诗节结构等方面与原诗有别。与原诗不同处还在于把原先带有真实生活色彩的"晚炮"浪漫化了。

踟蹰在荒原的海水旁，
我谛听着傍晚的炮击。
此刻大海灰白的波浪
一个个发出震耳的声息，
我受痛苦的折磨而哭泣，
真想随波浪一道死去。

（1830 年）

春 [①]

每当开春解冻后的冰块，

顺汹涌的江河奔腾激荡，

每当在草场的远远近近，

袒露一片片乌黑的沃壤，

而薄雾像浮云一般笼罩在

初露春意的田野的远方，

在我这颗涉世不深的心里，

险恶的遐想总孕育着忧伤；

我见到大自然一天天年轻，

唯独我的心却暮气沉沉；

时光拂过我这恬静的双颊，

[①] 这是莱蒙托夫最早问世的一首诗，主题是提醒"残酷的美人儿"：红颜不会永驻不衰。这是那时"轻松诗"的传统主题。诗中用了对比的手法，用复苏中的大自然反衬日益凋谢的青春。究竟是针对谁而写没有定论，诗人的女友苏什科娃认为是写的她，但有人认为根据不足。
　　—

将带走旺似火焰的容颜,

谁若像我这样饱尝痛苦,

他便对大自然无心眷恋。

（1830 年）

题纪念册 [1]

一

不！我不希求人注意

藏在心中的忧郁梦呓，

我很早以来就习惯于

对人隐匿自己的心意。

我漫不经心地挥笔题诗，

为让我短暂不宁的一生，

越过几多寂寞的岁月后，

在这里遗留下一点踪影。

---

[1] 此诗系模仿拜伦的《在马耳他题纪念册》一诗所作，在写作过程中扩大了拜伦所表现的主题范围，没有局限在以墓碑与诗页作对比，而是对孤独处境和人与人之间竟如此隔膜感慨无穷。此诗是莱蒙托夫献给女友苏什科娃的。

二

也许您将来有朝一日，

逐页逐页把纪念册翻过，

目光竟会投向这一页，

您将会说：他说的不错；

也许这些沮丧的诗行，

将久久地吸引您的视线，

犹如墓地上的一块碑石，

把行人留在大路旁边！……

（1830 年）

雷雨 [1]

雷霆怒吼着，阴云似浓烟，
在那苍茫的大海上弥漫；
滚滚的狂涛汹涌澎湃着，
鼎沸似的浪花腾空飞溅。
那长蛇一般的悲戚的雷电，
像火带缠绕着巉岩峭壁，
不安的自然力乱作一团，
我却在这里默然伫立。——

我站着。——难道超凡的力量
竟能够令我这种人惊心？
在生活中我徒然浪费了情感，
是一个受生活欺骗的人！

---

[1] 此诗以有灵性的大自然为依托，抒发抒情主人公的悲观失望情绪。与1830—1831年间许多诗篇一样，此诗具有哀歌沉思体的格调。

我一向被诽谤之词缠身，

那是摧毁心灵的毒药，

掐死你那条致命的火蛇，

把那些峭壁巉岩缠绕！——

啊，不！空中火，你飞吧！

狂风，任你在我的头上呼吼，

我站在这里，冷漠而安详，

我从来不知道什么叫颤抖。

（1830 年）

星 ①

辽远的星啊，你放点光明吧，

好让我夜夜都看到你的晶莹；

你的微光在同黑暗的搏斗中，

给我这患病的心灵唤来憧憬；

我的心常常朝着你高高飞翔，

它摆脱了牵挂，舒畅而轻盈……

我见过一种炽热如火的目光，

它早已不肯再入我的眼帘，

我却如朝你那样朝着它飞去，

明知不能——还想看它一眼……

（1830 年）

────────────

① 此诗是以《遥远的星》为题的三首抒情诗中的一首，以"沉思
体风景诗"为特点，与拜伦的《失眠人的太阳》（1815 年）颇为相近；
以遥远的"夜空的星"为主要意象，用于表现往日爱情的虚幻。

雨后黄昏 ①

我眼望窗外：天际渐渐暗淡，

落日的余晖闪耀在圆柱顶上，

照射着圆顶、烟囱和十字架，

也使一双双迷惘的眼睛发亮；

阴沉沉的乌云镶着火焰的绣边，

宛如一条长蛇呈现在天上，

一阵阵微风拂过整个花园，

把打湿的草茎掀起绿色波浪……

我在草丛之中看到一枝花，

好似一颗采自东方的明珠，

① 这是早期借景抒情的写景诗，以哀歌为主调，既表现在取材方面（"为厄运悲伤的姑娘"），也表现在写景的静观角度（"我眼望窗外，天际渐渐暗淡"），也表现在景物的灰暗色调（"阴沉沉的乌云镶着火焰的绣边"）。情景交融，共同烘托出抒情主人公的孤独与失望的心境。

它垂下了头独自伫立其中，

身上晶莹闪烁的水滴无数。

有如一位为厄运悲伤的姑娘：

心灵受伤，喜悦仍笼罩心房；

纵然她的滚滚热泪夺眶而出，

她却把自己的美貌记在心上。

（1830 年）

斯坦司 [1]

我不为往昔感到惆怅，
它没给我半点慰安。
没有值得我怀念之事，
忧伤使一切无不凄然！

往昔，也和现今相同，
为种种美妙的激情所溢满，
但已被恶行的暴风雪掩没，
似被忘的十字架埋在雪原。

我的心灵徒然地渴望过
对于我的爱情的回音，

---

① 诗中所吟唱的是孤独的主题，是典型的内心抒情，把诗人往事
不堪回首的空虚，来日无可希冀的失望与周围无人可交往的孤独感
相交织的复杂心情表露无遗。

197

如果说我也歌唱爱情，
那她曾是我的心上人。

我早已习惯于孤独，
我不可能和友人合群；
我会把与他共度的时辰
统统看作虚度光阴。

我白天黑夜都很寂寞，
没有一点希望的慰藉；
希望已永远远走高飞，
如岁月逝去即无踪迹。

我要动身去光明的西方 ①
海景将驱散我的忧伤。
在祖国我对谁也不告别——
没有人会叹息我的景况！……

———————

① 指莱蒙托夫的先祖乔治·莱蒙特居住的苏格兰，诗人常以苏格
兰为自己真正的故乡。

也许将来会有什么人
值得我去爱慕，而神明，
将偿付给我平静的生活，
安慰我久受折磨的心灵。

（1830 年）

小舟 [①]

海风在暴风雨前吼鸣、呼啸；
一只小舟在海上东晃西摇，
在波涛的抛掷下驰骋于海面，
以闪电映亮的东方为目标，
两个桨手神色不安地坐在船上，
一个白麻布的包裹在脚旁置放。

旋风更猛烈地掠过万顷巨浪，
飞舞的覆盖物被风撕下。
覆盖物下有个人一动不动地躺着，
像墓前的祭物苍白可怕，

[①] 莱蒙托夫写过两首以《小舟》为题的抒情诗。这一首诗用一个未展开的短歌式的情节（神秘的海盗们运送着一个垂死的俘虏）来展开关于生与死的哲理思考，不同于他在1832年所写的另一首《小舟》（诗人塑造了小舟本身的形象）。

他的目光阴沉羞怯，像战时的烟尘，
像天空下的白浪和天空中的乌云。

他剃光了脑袋，裹着缠头，
双手和双脚拴上了桎梏，
心头附近的伤，伤口的血流，
都藏不住对危险的恐怖；
他等待死亡，比同行者更镇静，
纵然先前死亡就想把他引领。

死亡永远如此：它离我们越近，
我们对人世就越少留恋；
两个墓对我们不像一个那么可怕，
因为在这里无希望可言。
假如我对幸福无所希冀，
我的胸膛早就不再呼吸！……

（1830 年）

别了 ^①

（译自拜伦）

别了，假如为别人的祈祷

能够起飞，直上九霄，

那么我的祈祷也会到那里，

甚至会为他们飞之夭夭！

哭泣和叹息有什么裨益？

有时带血的泪雨纷纷，

并不会比命定离别的声音

诉说更多传情的成分！……

眼里没有泪，口中不说话，

---

① 这是拜伦同题诗的翻译，题目在原文中用的是英语词，俄译准确传神，非常接近原文，受到过陀斯妥耶夫斯基的极高评价。莱蒙托夫和拜伦一样把离别的主题用于开掘爱情与孤独这两个对他们同样重要的主题，两位诗人都认为要想通过爱来摆脱可诅咒的孤独是无望的。

隐秘的念头折磨着我的心，

这些念头是永恒的毒剂，——

它们不会消散，不会入梦！

并非我又要胡扯起幸福来，

我只知道（而且已忍受得了），

爱情枉然住在我们的心怀，

只感觉一声声"别了""别了"。

（1830 年）

哀歌 ①

飞溅吧，飞溅吧，夜间的波浪，
用你的飞沫打湿夜雾弥漫的海岸。
我站立在这海边的岩石之上，
我站立着，心儿被沉思默想溢满，
独自抛开人群，与人格格不入，
也不愿向任何人倾诉自己的愁肠。
离我不远处是一些渔人的帐篷；
帐篷之间闪烁着亲切殷勤的火光，
无忧无虑的一家人围着火坐着，
一边聆听着老人对故事的讲述，
一边准备着烟气腾腾的夜饭！

---

① 诗中含有一个观察接近自然的人们的朴素生活的自愿流浪者形
象。从第八、十一、三十二等行诗看，此诗与普希金的长诗《茨冈》
很相似，所不同的是抒情主人公因受过负心的痛苦而无意在好客的
渔人中间寻找幸福。

然而我的心离他们的幸福很远，
我记得那虚有其表的京都的辉煌，
那一连串有害身心的取乐的场面。
结果呢？——眼泪从睫毛上滚落，
懊悔之情频频地骚动在我的心间，
逝去的年华时刻出现在我眼前；
还有这一对沉思而明亮的眼睛——
我反复地对心儿说：忘掉它们吧。
但它们总在眼前，我总说也无用！……
哦，假如我诞生在这样一个地方，
那里人与人之间不存在笑里藏刀：
那么我会亏欠命运多少情啊——
可现在它无权得到我的恩报！——
有一种人是多么地不幸，他的青春
给年老的额头带来了多余的皱纹，
当它夺走一切可爱的希望之后，
归还的却仅仅是悲凉的悔恨；
有谁能像我，为感受痛苦而感受，
早早地涉世，以我这种可怕的空虚，
抛开了自己祖国的海岸，

自愿地流放到他乡异域！

（1830 年）

献词 ①

请接受我这部忧郁的作品，

并为它哭泣，如果可能；

我哭过多次——这些眼泪

再也流不出来了——它们

不可能让我的眼永远清亮。

每当它们在我眼中滚翻，

我总要把她一再地怀想。

我遗憾，便把她日夜期盼！

她不在了，眼泪也没了——

希望也没了——在我眼前，

只有那傲慢而愚蠢的世人

以虚有其表的形象令人目眩！

---

① 这是莱蒙托夫的悲剧《西班牙人》献词的初稿。在诗人的草稿本中，这首诗是和该悲剧的剧中人名单列在一页纸上的。从内容来看，此诗与该剧的献词已很接近。

难道我是为了他们才写作？

难道我再把自己的灵感，

献给他们这群神气的小丑，

以求宣泄我满腔的情感？

他们只会重视金钱的价值，

无法理解高傲的思想；

我的诗神在高加索峭岩的

深谷中为自己编织了花冠。

他只醉心于崇高的思想，

他只会将他的爱情做牺牲：

他只会给你带来自己的

一件又一件心爱的作品。

（1830 年）

墓地 ①

我昨天在墓地坐到夜幕降临，

朝着周围的墓石我看了又看，

我辨认着一半已剥蚀的字迹，

脑海里不禁涌起了浮想联翩；

我无法使我的目光再离开墓石，

有一块墓石已经塌陷进地里，

墓石上的字迹全已磨损难认……

那里，十字架和十字架相偎依，

俯着身，贴着额，仿佛在相爱，

仿佛此处他才尝到人间的激情梦……

四周一切静谧、甜蜜，像对她的思念；

---

① 这是诗人早期写的一首哀歌，如《墓志铭》（"自由所生淳朴之子……"）、《奥西昂的坟墓》等诗，本诗是他当时最经心的对于生与死的哲理思考。十五岁的莱蒙托夫写的是墓地的实感，但用的却是当时流行的墓地抒情诗传统，受了英国诗人格雷的《墓地哀歌》以及茹可夫斯基、巴丘什科夫等人有关作品的一定影响。

冰草在夕照上泛着红色的波纹。

一群群蚊虻在我的头顶上嘤嘤地飞，

有时嬉戏着在同白昼告别，像一群

倦于工作但仍感情充沛的人们！……

创世者百倍的伟大，伟大绝伦！……

难道这墓地上的小虫嘤嘤的叫声，

有时赞美起造物主来不是更执著，

比起那一群群化为灰烬的畜群，

比起那心地狡猾、花言巧语的

人这位世间万恶的主宰者来，

赞美得更加多，赞美得更热心？

（1830 年）

当你的朋友以预感不祥的忧郁……①

当你的朋友以预感不祥的忧郁，

对你倾诉他满怀的惦念，

凭你那无邪的心难以知道

耻辱的死亡正在将他呼唤。

你所钟爱的他那颗头颅

将从你胸口移到断头台上；

他出世是为了和平的灵感，

为了荣誉，为了希望；

但他却不合群——敌对的天才

没有给他的心把锁链套上，

---

① 诗中充满对自己夭亡的预感和对前景的预见，后者与《不要嘲笑我这未卜先知的忧郁……》《总有一天，我这个在祖国的外人……》《译安德烈·舍尼埃特》等"天命篇"组诗中抒发的感情极为相似。抒情主人公的孤独感在诗中达到了极致。

造物主听不见他的祈祷，

他将死在风华正茂的年光；

死期临近了……他的生命即将

沉入忘川，无踪如空洞的声音一般；

任谁也不会落下诀别的泪水，

来拭去世人认为无罪的责难，

唯有那夜半的水浪呻吟在

保存你倩影的那颗心灵之上！

（1830—1832 年？）

竖琴 ①

一

当青春的草皮掩盖了我的尸骨，

当我诀别了我为时短暂的一生，

当我只变成你嘴里响起的声音，

当我只变作你想象之中的阴影；

当我的年轻的朋友们在宴会上

不再用美酒来追荐我这个亡魂，——

那时，请你拿起这朴素的竖琴，

它同是我的朋友和幻想的友人。

---

① 歌手死后竖琴仍然鸣响的形象，自茹科夫斯基的《风鸣竖琴》（1814年）之后在俄罗斯诗歌中曾风靡一时，这首诗显然也受了此种影响。在《心愿》一诗中诗人就采用了苏格兰的竖琴的形象。但此诗的新意在于它所描写的竖琴是沉寂的，只有风儿才能弹奏它。

二

请你把它挂在房中对窗的墙上，
为的是任凭秋风在它上空吹拂，
为的是让我的竖琴哪怕用吟唱
往昔岁月的歌的余音对它答复；
但琴上这曾经嘹亮动人的琴弦，
在你雪白的纤手底下也难复苏，
因为那位吟唱过你的爱情的人
为了不再苏醒他已长眠于地府。

（1830—1831 年）

梦 [1]

我梦见：凉爽的白昼熄灭了，

房屋的长长的阴影躺下了，

月亮升上了淡蓝色的天空，

在玻璃上闪烁着彩虹般的火星；

万籁寂无声，像月夜所常见，

连风儿都止不住在频频打盹儿，

那宽大的台阶上，两根圆柱间，

我看见一个少女忧伤又迷人，

此刻正坐在那里，像那个应征

而去天国的灵魂的最后一梦；

虽然在她的眼里闪烁的也许是

---

① 本诗的夜景和梦境写得精致而凝练，不愧出自大手笔。从风格看，受普希金的影响自不待言，如第六行"连风儿都止不住地频频打盹儿"与《波尔塔瓦》中的"空气不想／克制自己的睡意"相似。本诗的恋爱主题常见于19世纪30年代诗人的其他抒情诗（如《幻影》）。

假装的悲哀，但也未必尽然。
她的纤手那样的抖抖颤颤，
她年轻的胸脯是那样温暖；
在她跟前（也许是一个小孩儿）
坐着……啊！他早早地开始爱，
年轻的受难人，依依眷恋的你
为什么当锦绣之年待在这里？
他坐着，提心吊胆地攥紧了手，
目送着他的眼睛频频顾盼左右。
但他从这双眼睛里竟没有能看出：
命运的遗训，多年的操虑和痛苦，
心灵的病痛，一行行心酸的泪水，
一切他所留之物，所遭受的事情；
他珍视她那双眼里的盈盈秋波，
它正是他所以不幸身亡的原因。

（1830—1831 年）

声音 [1]

多美的声音！我静静地倾听

这些甜蜜的声音；

我忘却了永恒天空和大地，

甚至忘记我自身。

主啊！多美的声音！我的心

贪婪地捕捉着它们，

恰似荒原上那愁苦的旅人，

把活命的水滴吸吮！

这声音又在我心中产生出

---

[1] 这是诗人有感于19世纪30年代著名的俄国吉他琴师米哈伊尔·季莫菲耶维奇·维索茨基（1791—1837）的精彩表演即兴而得的诗篇。从诗里很难断定维索茨基演奏的是哪位音乐家的哪一首曲子，但诗人已经把他那丰富的想象、充沛的灵感和高妙的技艺在自己心田里所产生的奇异魅力描绘得惟妙惟肖。诗人在诗中多次涉及音乐对心灵的神力，如《她一放歌喉，声音便消融……》《我一听到你那……》等。

欢快韶华的旧梦，
还给那早已失去的一切
穿上生命的衣襟。
这声音塑成了形象，
我感到亲切可心；
我仿佛听见临别的低泣，
心头便烈火熊熊。
我将再次狂热地迷醉于
往昔岁月的毒鸩，
我将再一次在我的心中
对人言信以为真。

(1830—1831 年)

初恋 [①]

早在童年时我这颗不安的心
就开始品尝炽烈的爱的惆怅；
夜幕下在我就寝的柔软的床上，
我多次对着圣像摇曳的灯光，
在想象和预感的苦苦折磨下，
我总把心交给无法遏制的遐想。
我看见一张女人的脸，她冷若寒冰，
一双眼睛，那秋波仍在我心房；
它像良心保护我的心免于犯罪；
它是我幼年时梦幻的唯一印痕。
我曾那样深爱过这绝色的少女，
也许此后爱别人再不会如此深。

---

① 这首诗描绘了诗人自己想象中的童恋对象。这一主题在晚期所写《我常常出现在花花绿绿的人中间……》一诗第五节中有进一步的发挥："我想她，我爱她，我悲伤，我爱我的意中人的幻象。"

当我那珍贵的幻影飞驰而去，
我便孤零零地把惶惑的视线
向黄色的墙投去，仿佛人影儿
从墙上慢慢走下直到我跟前。
这一仅是遐想但很迷人的回忆，
也和那些阴影一样的郁郁凄凄。

（1830—1831 年）

水流 ①

我身上有一眼激情的泉，

它伟大而又奇妙；

泉底是泛银光的细砂，

水面是天的容貌；

但这股湍急的水流呵，

不断将细沙旋转、回还，

水之上的天穹呵，

穿着云彩的衣衫。

这泉源随生命而诞生，

也随着生命而消亡；

---

① 这是诗人用丰美的意象展示内心世界的"纯艺术诗"（别林斯基语）的最早尝试之一，早于《帆》（1832 年）的创作，更早于《云》《悬崖》等晚期抒情诗。诗人将生命之流寓于河水之流的意象之中，兼收状物与说理、写景与抒情的双重效果。

它有时弱，它有时强，

使所有人心向神往；

我首先感到幸福，但是我

愿意交出如此无聊的安宁，

来换取幸福和痛苦的

几个短短的一瞬。

（1830—1831 年）

黄昏 ①

每当艳红的夕阳西沉，

落入那蓝色的天际，

每当薄雾升起，而夜幕，

把远处的一切遮闭，

我便总要在寂静之中，

思索起爱情和永恒，

有个声音在对我低诉：

幸福不可能再光临。

我便揣着颗顺从的心，

朝天穹遥遥对望去，

上苍曾经创造了奇迹，

却并不造福我和你，

---

① 这是莱蒙托夫早期沉思体抒情诗的代表作之一。这类作品的主
要思想的特点是不相信幸福会在黑暗的现实中降临。诗人描绘黄昏
之景，为哀歌式的抒怀烘托凄怆的气氛。

不为我这不足道的蠢人，

对于我，你的目光，

比一切都还要珍贵几分，

胜似那上苍的奖赏。

（1830—1831 年）

尽管欢乐早已背弃了我……①

尽管欢乐早已背弃了我，

就像爱情，像人的微笑，

我那颗希望的明星黯淡了，

比我青春的凋谢还要早，

但我鄙夷命运和这人世，

它们却无法贬低我的价值，

我正十分淡漠地期待着

生命的结束或美好的时日。

人们不会再相信我的话了，

但我起誓，它们不是谎：

谁若常常遭受别人的欺骗，

他不会有欺骗别人的愿望。

---

① 孤独与绝望构成了本诗的主题，如同《浪漫诗》（"欢快的音符划过了我的琴弦……"）等其他早期同类抒情诗，在这里也是带书卷气的浪漫主义特点压倒了感情的直白。

任凭我的生活在风暴中飘摇，
我泰然自若，我早已明白，
只要心还在我胸中跳动，
它便不会看见幸福的到来。
世上只有那潮湿的坟墓，
也许才能使那种人平静：
为了让人世能爱自己，
他那颗心爱得过分热情。

（1830—1831 年）

琴声与目光 [1]

啊，不要再用你的手指，
弹那金色竖琴的丝弦。
瞧，心儿多么渴望自由，
泪水早已从我眼眶飞溅；
这一声声又给我带来
逝去岁月的哀婉绵绵。

不，不如带着爱的震颤，
将目光驻留在我身上，
好让我把那宿命的回忆，
淹入现在这一片时光，

---

① 这是一首把对"一瞬间"与往昔、今日与永恒的对比用目光与琴声这两个富有表现力的意象来表达的哲理诗。在长诗《恶魔》和在抒情诗《墓志铭》（1832年）中这一主题也都有所表现。

并把我自己的整个儿存在，

迁进唯一的瞬间去躲藏。

（1830—1831 年）

人间与天堂 ①

我们爱人间怎能不胜于爱天堂？

天堂的幸福对我们多渺茫；

纵然人间的幸福小到百分之一，

我们能知道它是什么情状。

我们心中翻腾着隐秘的癖好，

爱回味往日的期待和苦恼；

人间希望的难期使我们不安，

悲哀的易逝叫我们哑然失笑。

---

① 诗人吸取了 19 世纪 30 年代俄国和欧洲浪漫主义哲理诗的经验，
对人在宇宙中的位置、生与死的奥秘等永恒主题深入探索，唱出了
"天堂不如人间"的主旋律，在思想境界上显然高出于他同年所写
的《天国与星星》《天使》等抒情诗。本诗音乐性极强，铿锵悦耳，
而且节奏富于变化，在诗的韵律上有所创新。诗的内容，无论心理
主题或哲理主题，都为长诗《恶魔》的创作做了一定的准备。

未来是漆黑一团，十分遥远，
现时已令人感到心寒；
我们多愿品尝天堂的幸福，
却恋恋不舍地辞别人间。

我们更加喜欢手中之雀，
虽有时也寻找空中之雁；
一旦诀别我们才看得更清；
手中雀儿和心儿已紧紧相连。

（1830—1831 年）

致……①

快伸出你的手，挨着诗人的胸口，
把你的命运同我的紧紧地相连，
和你一样，朋友，我不是为人世
才出生，我不善于生活在人间。
我既没有工夫，也没有心思
去分享他们的喧嚣和卑琐的尘念，
爱情占去了我整个的心灵，
好吧，就请看一看我苍白的容颜。

在脸上你看得出那曾经早早地
支配我生命而已熄灭的激情印痕；
往事的回忆不能给我愉悦

———————————
① 此诗针对谁而写，尚无定论，但爱情的主题只是一个契机，仅
为引出诗人对独有的孤独、厌倦、绝望，不愿受上流社会生活准则
约束等心态的自我剖析。

我站在深渊之上，孤身一人，
命运把我的一切窒息在这里；
一如生长在海的深渊之上的小树，
它的被雷雨折下的叶片正听凭
漂泊的碧浪的肆意妄为而漂游。

（1830—1831 年）

致……①

别淹留在远方迟迟不归，

我求你，朋友，快快返回。

朝我投来短短的一瞥吧，

然后和你永别我无悔。

当我捕捉到你的目光

和你最后的临别赠言，

哪怕是对我谴责的话，

我把一切都埋在心里。

在那命定的悲哀的日子，

我能够想象：在我面前，

投来你那刺伤人的目光，

① 这是一首兼写爱情和相逢与离别两个主题的抒情诗，受拜伦《别了》（1830年）一诗的影响有迹可寻。

233

我将把你的话重复千遍。

遐想会重新使我们接近，
到那时我将会沉入回忆：
我俩如何第一次相会，
我俩怎样永远地分离。

（1830—1831 年）

遗言 ①

一

有一个地方：在幽闭的小径旁，

在荒凉的树林中，林间空地上，

被月辉染成了银色的薄雾，

黄昏后在那里缭绕和荡漾……

我的朋友！你知道那个地方；

当我日后停止呼吸的时候，

请将我的寒尸在那里埋葬。

二

请照教规不要拒绝

那个坟墓的任何要求；

---

① 在本诗抄本的标题后注明"译自歌德"，但歌德并无此类的诗作，因此，有人推测他是歌德《少年维特之烦恼》中维特临死前给绿蒂那封信的诗的自由转述。

在上面竖一个槭木十字架，
再捡一块野石立在坟头；
当雷雨惊扰这片树林时，
我的十字架会叫行人凝眸；
善良的人也许会来这里，
坐在荒石上歇脚停留。

（1831 年）

心愿 [1]

为什么我不是一只鸟,

不是掠过头顶的草原飞鸦?

为什么我不能在天空翱翔,

自由自在,抛却尘世的嚣杂?

不然我便要朝西方 [2] 疾驰而去,

那里有我祖先的田野在吐绿,

他们那已经被人遗忘的尸骨,

在深山迷雾中的荒堡里安息。

古墙上挂着一柄生锈的宝剑,

---

[1] 此诗洋溢着崇拜自由的浪漫主义激情。对尘世、命运的对抗,对光荣的祖先的缅怀使这首诗具有莱蒙托夫特有的格调。节奏富于变化也是本诗特点之一。

[2] 指苏格兰。莱蒙托夫的先祖(乔治·莱蒙特)是苏格兰人,诗人常以苏格兰为自己的故乡。

还有他们那块祖传的盾牌。
我便要在宝剑和盾牌上盘旋，
扇动翅膀掸去上面的尘埃；

我便要拨动苏格兰竖琴的幽弦，
琴声便会顺着苍穹到处飞驰；
这琴声被一人唤醒，供一人谛听，
它铮铮一振，便又戛然而止。

但如要对抗命运的严峻法规，
幻想是徒劳的，祈祷也枉然。
在我和故土的山岗之间，
翻滚着无边的沧海巨澜。

骁勇战士的最后一个苗裔啊，
正在异乡的雪原上蹉跎年华；
我生在这里，但心不属于此地……
啊！为什么我不是只草原飞鸦？……

（1831 年）

致友人弗·申（辛）①

临别时你握着我的手说：

"待到美好日子来时再见！"

我久久地等待它的到来，

但是我受了等待的欺骗！

我亲爱的！那日子不会来了！

幸福在未来是那样的稀少！……

我记得那些欢快的日子，

但所记得的一切全已失掉。

往事对我们遥远无益，

正如在狂暴的海的深渊之上，

---

① 这是给诗人莫斯科大学时代的朋友弗拉季米尔·亚历山德罗维奇·申辛的书信体诗。诗人与申辛交往很深，在诗中和他畅谈对人生的感受，充满由现实与理想的不符而滋生的失望情绪。

夜深时分送光的灯塔，

在把人招引到可靠的岸旁。

当那战栗着的孤独的船夫

驾着小舟急速地飞驰，

便看见——前面海岸已不远，

但更近的却是自己的末日。

不！用徒劳无益的幻想

很难迷惑患病的心灵；

一场美梦刚刚降临，

这颗心灵便已苏醒！

（1831 年）

希望①

我有只天国飞来的小鸟，
白天总是栖息在一棵
幼小的柏树的绿叶丛中，
但永远不在白天唱歌；
蔚蓝的天穹是它的脊背，
它的头像戴着一顶朱冠，
翅膀上沾着金色的灰尘，
似朝霞的反光初露云端。
当大地披上薄雾的罗衣，
在夜阑人静时刚刚睡去，
小鸟就在枝头放开歌喉。

---

① 这是一首寓意诗，全诗仅仅用了一个扩展性的比喻"天国的小鸟"。这个形象是从别斯土舍夫的中篇小说《变节者》（1825 年）借用来用以寓指希望，白天象征现实，夜晚象征未来，反映出诗人不满现实，寄希望于未来的思想境界。

唱得心儿啊无比地惬意，

随着这歌声你不由得就会

把难忍的困苦忘个干净，

心儿总会觉得每个谐音

都像嘉宾那样受人欢迎；

我在风暴之中经常听见

这如此令我神往的歌喉；

我于是总用"希望"这字眼

来呼唤这位文静的歌手！

（1831 年）

你真美啊，我祖国的田野……①

你真美啊，我祖国的田野，

更美的是天气恶劣的时分；

那里的冬天像大地第一冬，

那里的人民像远古的初民！……

那里云雾给天穹披件薄衫！

草原被那一派淡紫色笼罩，

那样鲜艳，那样与心灵亲近，

仿佛它只是为自由被创造……

但这草原同我的爱不相干；

这漫天飞舞的银白的雪片，

_____

① 这首诗与莱蒙托夫所有其他抒情诗一样，是以祖国大地的美丽
自然与尘世社会的罪恶和不自由的对照为背景的。最后一行里，诗
人谈到了在 1831 年 10 月 1 日去世的他的父亲。

对罪恶的国土过于纯净的雪，
从来也没有给我的心慰安。
它用一件永恒的寒冷衣衫
把那坟岗，把那被人遗忘
但对我无限珍贵的尸骨遮拦。

（1831 年）

幸福的时刻 ①

不要羞怯，年轻的美人，

虽然你只跟我在一块；

驱散不必要的羞耻之感，

来吧——把手伸过来。

你的房间并不暖和，

你的床铺也不柔软，

但是，少女，只要吻一吻

你的嘴——我浑身感到温暖。

在窗上遮起一块头巾，

不让不逊的粗人偷看，

喂，快脱下你的衣服，

----

① 这是按法国"轻松诗"传统写成。轻快的节奏、色情的内容、轻松的笔调，是这类诗的特点。除长诗《萨沙》外，这类内容的抒情诗屈指可数，除本诗外只有《八点多钟，天已黑；城门附近……》。

不要固执，就咱们俩；
在筵席上满杯的时分，
我发誓，我不会把我们间
相互的情欲告诉别人；
那么快点吧……我在打颤。

啊！你那灼热的乳房
多么美丽，多么丰满，
在做爱瞬间来临之前
多么绯红，多么性感；
看着两条可爱的秀腿，
看着圆润柔软的体态，
你在内衣下边只消把
自己的护身符稍稍藏埋。

在你即将失去你的
处女的贞洁节操之前，
你那样纯洁，使我觉得，
虽然爱你，我是个坏蛋，
你那垂向双膝的目光，

仿佛在乞求对你的宽恕；
但是，我的朋友列娜，
短短的一瞬不令人恐怖。

我满怀着一种甜蜜的期待，
只是全神注视着你的体态，
你也燃烧着情欲之火，
招手让我扑向你胸怀；
此刻心灵顿时忘却了
注定给它的一切痛苦，
只有身亏体虚的时刻，
才唤醒我们告别幸福。

（1831 年）

致^①

你纯洁无瑕，真是可爱，

你太可爱了，我不配爱你！

你原可把幸福给半个世界，

但你自己却没有幸福的机遇；

命运不会给我们双倍的幸福，

你可曾见过湍急的河流？

它两岸繁花似锦，可河底

永远寒冷、黑暗和深幽！

（1831 年）

---

① 这是一首译自德语的诗。前四行的原文引在原稿的诗之前，原作者尚未确定。有人推测德语原稿就是莱蒙托夫自己写的，但还未得到证实。在原稿的空白处诗人用法语写了附注："我心灵的心灵。"这很像《浪漫诗》（1829 年）中的一行诗："我心灵中的心灵啊，难道……"

有人在严寒的冬天的早晨 ①

有人在严寒的冬天的早晨
听到过钟声飞出了修道院，
正当鹅毛大雪纷纷地飘落，
或红霞惊视着灰色的荒原；
钟声在和劲风的搏斗中，
被它远远地吹遍整个天庭，
旅人总是爱倾听这钟声——
死亡的信息或永生的声音。

我也喜欢这钟声！它像是
一朵小花，生在坟头或陵园，

---

① 这首诗是接近哀歌题材的抒情诗，具有1831年诗人抒情诗创作的共同倾向，在写景方面，本诗与1830年的抒情诗如(《雷雨》《雨后黄昏》等)喜用假定性浪漫主义写景手法的特点不同，诗人潜心于描绘俄国中部大自然的景色，最引人注意的是对雪景的描绘。

它永不变节；无论是厄运，

或者是人们遭遇的小小灾难，

都无法将它的声音窒息；

这位高高钟楼的阴沉的主人，

总是独自向世界宣告一切，

自己却与天地的一切非故非亲。

（1831 年）

天使 ①

天使在夜半的天空中飞翔，
他嘴里在轻轻地歌唱；
月儿、星星和云朵在一起，
谛听他那圣歌的声浪。

他歌唱天国花园的清阴下，
欢乐无边的纯洁精灵；
他歌唱那至高无上的上帝，

---

① 这是早期优秀抒情诗之一，是诗人用真名发表（1839 年）的唯一的一首早期短诗。诗的主题不是崇神，虽然含有灵先于肉的观点，也不是渎神，因为天使不是受嘲讽的对象。诗的真正主题是对母亲的怀念，母亲的歌声始终萦绕在抒情主人公的耳畔。由于往事一去不返，忆母只是求而不得的理想或幻觉境界，因而失去了莱蒙托夫诗的基本特征：对现实的怀疑与否定的精神。别林斯基正是从这个意义上才认为此诗还不够成熟。但从永恒主题和审美角度看，本诗意境飘逸，委婉含蓄，声情并茂。可参看《高加索》第二诗段对母亲歌喉的回忆。

赞美并不带半点虚情。
他抱来一个初生的灵魂，
送到哀哭的尘世之上；
歌声留在这灵魂的心中
不用歌词，却如诉衷肠。

这灵魂在人寰久久地受难，
心中仍怀着美好的希望，
人间的歌儿实在使他厌烦，
哪能抵得上天国的绝唱。

（1831 年）

纵然我爱上一个什么人 ①

纵然我爱上一个什么人，

爱情也添不了我生命的光彩。

像心上一粒黑死病斑点，

它虽已发暗，仍灼痛我心怀。

自身受敌对势力的驱逐，

我活着却带给别人死亡：

像个天庭的主宰，我生活在

美妙的世界里，但独来独往。

（1831 年）

---

① 这首充满忧郁情调的抒情诗写在诗人父亲去世后不久。可参看
《父亲和儿子的命运太凄惨……》一诗。家庭的悲剧酿成了爱情的
悲剧，这二者又汇合成诗人整体的生命悲剧。

歌 [①]

枯黄的叶在风暴来临前
把枝头敲击，
可怜的心在灾难来临前，
在胸口战栗。

这又有何妨，假如狂风
把我的孤零零的树叶，
刮到遥远、遥远的地方去，
那孤寂的树枝呀，
未必会为它惋惜。

小伙子何必要忧郁，

---

① 这是诗人早期模仿民歌体裁之作，原诗为重音诗，素体诗。译诗用了韵，目的是更好地传达此诗的音乐美，汉诗的音乐美对韵的依赖太大。诗中孤叶的形象在后期《叶》中得到更充分的塑造。

假如命运已注定他

将熄灭在异乡客地。

那美丽的姑娘呀，

是否会为他惋惜？

（1831 年）

给奈耶拉 [①]

告诉我，为什么当着我们

把鲜花编进你的鬟发？

莫非你想用像你一样

妩媚一时的玫瑰来美化？

为什么要让我们想起：

你的双颊也会凋谢，

那希望和爱情的狂喜，

也会被你的目光忘却。

我对你诧异：竟无动于衷、

无忧无虑地朝前看，

---

① 这首诗的特点是借用古希腊罗马的形象来抒发自己对易变的恋人的愤懑之情。奈耶拉是希腊文中的"年轻姑娘"或"女神"，最早用于古罗马诗人贺拉斯等人的爱情诗中，她年轻、轻浮、负心，以享受爱情为人生的唯一追求。与同一手法的《潘》《库比德的罪过》《酒宴》等诗不同，本诗只是借用了奈耶拉的人名及其有关语义上的联想，纯抒现实之情。

你嘲笑光阴，仿佛笑它

与你奈耶拉不相干。

莫非你只想用疯狂的欢乐，

不时驱散未来的阴影？

莫非你的那颗芳心，

与欢乐本来就无缘分？

五年流逝了：无论用蜜吻，

或者用秋波的甜笑，

你还是无法引诱我们

到你的香榻共度良宵。

啊，你不如早早地死去吧，

好让年轻的美男子说道：

"还有谁比这姑娘更可爱？

还有谁比她死得更早？"

（1831 年）

257

浪漫诗 ①

一

你就要走上战场，

但请把我的恳求听完，

请你把我怀想。

假如朋友欺骗了你，

假如你的心儿厌倦，

你的灵魂即将凋残，

在那海角天涯，

请你把我怀想。

二

---

① 这首诗和《告别》一样，都与写作长诗《伊斯梅尔——贝》有关，都使用了姑娘向情郎倾诉衷肠的形式，但两者并不雷同。《告别》突出了复仇的主题，此诗尽写爱情带给姑娘的内心折磨，与莱蒙托夫绝大多数写关于钟情的青年受折磨的爱情诗相比又别具特色。

若有人指给你一座坟墓，

在深更半夜借着灯光，

对你讲起一位

受人诱骗、遭人鄙夷、

已经被人遗忘的姑娘，

啊，那时候，我亲爱的朋友，

你在异国他乡，

可要把我怀想！

三

也许不堪回首的时光，

还会再一次对你造访，

在噩梦中扰乱你的心房；

你将会听到别离的哭泣、

痛苦的哀号和爱情的欢唱，

或是诸如此类的声音……

啊，哪怕是在梦乡，

也请你把我怀想。

（1832 年）

致……①

命运让我们萍水相逢，
你身上有我，我身上有你，
心灵和心灵结成了朋友，
纵然它们无法相伴走到底！

恰似一泓春水映照出了
那遥远的淡蓝色的苍穹，
它在平静的波面上辉耀，
也随浪涛的汹涌而颤动。

啊，愿你成为我的天宇，

_____

① 这是写给洛普欣娜的爱情诗。与1830年至1832年间所写情调悲观的爱情诗（如"伊万诺娃组诗"）相反，这首诗洋溢着明朗、自信的情绪，因为恋人是一个理想的形象，她是他唯一的慰藉。大自然对于抒情主人公也显得无比亲切，与冷漠的人世迥然不同。

成为我严峻的风暴的友人；
任凭风暴在我们中轰鸣吧，
我降生就为不离它而生存。
我降生，就为让整个世界
成为我胜利或者破灭的见证，
但指路明星啊，我有了你，
人们的褒扬或傲笑不值分文！

他们的心不理解诗人，
他们的心不会爱诗人的心，
也不会懂得它的悲哀，
也无法共享他的欢欣。

（1832 年）

致······①

放下你白费苦心的操虑，
请不要盘问往日的底细；
其中你发现不了任何事
可以增强你对我的爱意！
你爱，我信，这就够了，
爱的是谁，你不必知道；
向你倾诉生活的空虚阴暗，
对我将会是多大的苦恼。
我绝不会毁掉这颗心的
圣洁的幸福，我不敢说：
我就不值得受人爱怜，
我自己已把一切都看破；
心灵曾经珍惜过的一切

① 这是献给洛普欣娜的情诗，也是莱蒙托夫为数不多的、抒情主人公深信所爱的女人的感情回报的诗篇之一。

262

如今已成为毒药，

痛苦非常的可爱，

有如同路人、兄弟和财宝。

你讲句柔情蜜语的话，

就要我的生命作奖励物，

但是，朋友，别提过去，

我不会出卖自己的痛苦。

（1832 年）

我要生活！我要悲哀……①

我要生活！我要悲哀，

抛却恋爱和幸福的情怀；

热恋和幸福使我玩物丧志，

把我额上的皱纹都舒展开。

如今该让上流社会的嘲笑

驱散我心中的宁静的雾霭，

没有痛苦岂是诗人的生涯？

缺了风暴怎算澎湃的大海？

诗人要用痛苦的代价去生活，

要用苦苦的焦虑把生活换来，

① 本诗主要表现诗人使命的主题。抒情主人公认为诗人的崇高称号应当从与上流社会（在莱蒙托夫的笔下常是沙皇制度的拟人化称谓）的斗争中争来。在浪漫主义诗人看来心灵的痛苦是抒情诗创作的必要条件。因此，莱蒙托夫是把生的渴望与悲哀的渴望看作密不可分的，却把爱与幸福对立起来，表现了他早期抒情诗所特有的对现实所怀的叛逆情绪，诗中由"我"变成"他"，概括性更见增强。

他想要买取天国的歌声，

他不愿坐享荣誉的光彩。

（1832 年）

大胆相信那永恒的事吧……①

大胆相信那永恒的事吧，

它没有开头，没有终极，

它已经过去，还会到来，

它曾骗过你，还将骗你。

假如一颗年轻的心灵，

遇上另一颗炽热的心，

在离别之日，相逢之时，

切莫允许它默不作声。

世间的一切都变得稀少：

有着希望，却很少幸福！

---

① 这首诗表现的是 1831 年至 1832 年间经常出现在莱蒙托夫抒情诗中的主题：永恒不变的东西才最有价值。本诗在韵律上是诗人屈指可数的押阴性韵的诗篇之一。

离别并不等于忘怀，

忘怀是幸福，离别是痛苦。

为什么你与人分享幸福，

既然你曾经对它珍惜？

为什么你没有生活在荒漠里？

莫非你现在又把它记起？

（1832 年）

心愿 ①

快快给我把牢门打开，
给我放进白昼的光辉，
领进那位黑眼睛的少女，
并把黑鬃毛的骏马牵来！
快让我跨上一回这骏马，
在这青葱的旷野上驰骋；
让我见一回生活和自由，
有如我走近点去看一种
对于我非常陌生的命运。

快快给我只木制的小舟，

---

① 这是莱蒙托夫早期抒情诗中的璀璨之作。诗中抒发了三个乍看起来相互矛盾的心愿：对自由的思念、对斗争的渴望和对宁静的向往（在《囚徒》《帆》《我独自一人出门启程》等诗中分别展示）。本诗和《囚徒》《囚邻》《女邻》《被囚的骑士》组成"监狱组诗"。诗的头四行被纳入后写的《囚徒》之中。

舟中一张半新旧的板凳，
那破成碎条的灰色的帆，
留着遭遇暴风雨的印痕。
我独自一人无忧无虑地
扬帆起航奔向茫茫海洋，
在辽阔的海面尽情漂浮，
在和深渊的粗犷任性的
狂暴争论中啜饮着欢畅。

快快给我座高高的宫殿，
在翠绿的花园深处掩映，
在它那宽阔的清阴里面，
能有琥珀般的葡萄成长；
在它那大理石的客厅中
能有个喷泉潺潺流个不停，
我沉湎在天国的梦幻之中，
喷泉用寒冽的水雾湿润我，
不断对我催眠又将我唤醒。

（1832 年）

269

致 ①

我的朋友，我徒然痛苦啊！

我几时掩盖过自己的幻想？

普通的声音，一个人的名儿，

这才是你不知的全部情况。

也许就在这个名字里

保存着整个爱的天宇……

但我怎能把希望告诉你？

希望……啊！它们属于

我自己，它们是我的一个

沉思的心灵的神圣国度……

无论是恐惧、爱抚、诡谲，

---

① 这首诗与其他充满怀疑主义的抒发反省胸臆的诗的不同处，在于对前途仍然留存着希望。在风格上，此诗的特点是通过对各种"否定"的不断聚合，塑造了一个极富个性的正面抒情主人公形象，他为了探索和确立隐秘的目标而破坏直接的对象。这首诗可能是写给洛普欣娜的。

或者是苦笑、人们的哀哭，

哪怕普天下的财宝都给我，

这一切都永远不会飞到

那个珍藏我的宝贝的

远离凡俗的心的一角。

我记得，幸福在此居住过，

眼泪也在这里藏匿过，

然而幸福很快背弃我，

后来眼泪也簌簌流出。

如今命运已让我学会了

如何把圣洁的宝物保藏，

别人的眼睛看不见它们，

它们伴着我，死在我心上！……

（1832 年）

我多狂妄！你们说得对，说得对！……①

我多狂妄！你们说得对，说得对！

人世间的不朽令人可笑。

既然你们在尘封中才觉幸福，

我怎敢企盼惊世的荣耀？

我怎能用自由不羁的心智

去撼动那串偏见的锁链，

而把那暗暗愧疚的心火，

当作我诗的灵感的烈焰？

不，我可不像个诗人！

我自己也看到，我受了欺骗；

我虽也像诗人被人世视为异己，

---

① 这是早期以"诗人与社会"这个贯穿诗人整个创作过程的基本主题为主题的抒情诗，与晚期同类诗的区别在于：诗人不受世人理解，强调诗人与世人的对立，而晚期的诗（如《编辑·读者与作家》等）则强调，诗人如不从个人体验的小圈子里走出来，便无法进行真正的诗歌创作。

但因此我也与天国绝缘！

我知道，我的话是悲凉的；

但你们无法理解它的意义。

我把它从心中挖掘了出来，

为的是让痛苦也随它分离！

不……我难道能掌管理智，

尽管我终身为此才予使用？

纵然我在你们面前超群出众，

但是我能否超脱我的自身？

我岂能随心所欲地忘却

我那早已破灭了的爱情，

忘却我曾笃信过的一切，

尽管我已不敢再予信任。

（1832 年）

他降生到世上是为幸福、希望……①

他降生到世上是为幸福、希望，

与平静的灵感！——但热情如狂，

过早地挣脱了自己身穿的童装，

把心儿抛进了喧嚷生活的海洋，

人世不容他，上帝也不保全！

恰似一只早熟的浆果，

在鲜花丛中悬挂的异乡客，

不能开胃养人，也不能悦目赏心，

群芳争艳的节令已是它萎落的时刻！

---

① 这是诗人早期深刻思考自身及同代人悲剧命运的重要诗篇之一。全诗由两个主导意象组成。前四行中与不久前写成的《帆》相一致的浪漫主义的叛逆者形象和"早熟的浆果"的意象的交织，表达了一种奇特的心灵轨迹：抒情主人公最美好的情感使他终于成为与世格格不入的"多余人"。诗中个别比喻曾在《沉思》等诗中复用。此诗是附在给姆·阿·洛普欣娜的信中的。

贪婪的小虫在啃咬着它，

同时那柔情蜜意的女友们

在枝头晃动着——早熟的果实

只加重自己的……直到暴风雪降临！

当个没白发的老人简直荒唐——

他找不到自己的同类；他跟随人群

前进着，虽则不跟他们交心；

在人中间他既非奴隶也不是主人，

他感觉他所感的一切都孤身一人。

（1832 年）

希伯来小调 [1]

（译自拜伦）

我的心多忧郁，快来呀快来，歌手！

这里有一架金色的竖琴：

任凭你纵情地驰骋在琴面的手指，

用琴弦唤醒天国的声音。

既然命运并未把希望永远带走，

它们定会在我心中苏醒，

既然凝固的眼里还有一个泪滴，

眼泪将会融化，流个不停。

任凭你的歌粗犷去吧。一如我的桂冠，

---

[1] 这是拜伦组诗《希伯来小调》中《我的心阴沉》一诗的翻译。拜伦取材于《圣经》。莱蒙托夫除忠实传达原作的形象体系外，丰富了诗的感情内涵，使译诗贴近自己创作的基本情调，可谓："这是心灵的疼痛，胸中的叹息；这是已逝的欢乐的墓碑上的碑文"（别林斯基语）。

欢快的歌声使我感到阴沉沉！

我告诉你：歌手，我想哭泣，

不然痛苦会使我裂肺撕心，

我的心胸本是靠苦难喂肥养大，

它曾久久地、默默地挨苦受灾；

严峻的时刻到了——如今它被斟满，

像一个斟满毒鸩的死神的酒杯。

（1836 年）

题纪念册 [①]

（译自拜伦）

有如一座孤寂的青冢，

常常招来路人的凝望，

愿这苍白无力的诗页，

吸引你那可爱的目光。

假如经过许多年之后，

你读到诗人如何痴想，

记起诗人曾怎样爱你，

你就当他已不在人世，

把心儿留在此处埋葬。

（1836年）

_____

① 这原是莱蒙托夫对拜伦《在马耳他题纪念册》一诗的意译。莱蒙托夫在1830年曾译过一次，较接近原作。此诗反映他对前途悲观的思索。

谁也不谛听我说的话 [①]

谁也不谛听我说的话……我孤身一人，
白日即将逝去……条条彩霞挂满天，
朵朵云彩向西方飞驰而去，而壁炉
在我面前噼啪地作响。——我脑中充满
关于未来的遐想……我的岁月成群地
单调不堪地从我的眼前接踵飞驰，
我用我困惑的双眼枉然地从它们之中
寻找被命运指定的一日，哪怕只一日。

(1836—1837 年)

---

① 在内容上，这首诗表现了对往昔生活无目的虚度的思考这一贯
穿诗人一生创作的主题。诗人在这里表现出语调的平稳和修辞的具
体性等这样一些晚期抒情诗的特征。

我的未来如埋在雾中 [①]

我的未来如埋在雾中，

往昔充满痛苦和罪恶……

上天为什么不早也不晚，

就在那个时辰塑造我？

造物主安排我如此的命运！

他为何要如此严酷地反驳

我青春时代的千种希望？……

他给了我一杯善与恶，

说道：我要美化你的生活，

---

① 这首诗和后来写的《我恐怖地望着我的未来》《沉思》二诗同是以对现状和前途的忧虑为主题，但与后二诗以一代人为抒情视角不同，本诗纯粹以个人为中心，以超人哲学为基础，满含生不逢时的思绪，但通过看破红尘、蔑视虚伪的"恶"的形象表现出来。从这里也可以看出恶魔的形象和气质是渗透莱蒙托夫创作机体的每一个细胞的活跃元素。

你将会在人间被颂扬！……

我听信了他说的话，
满怀着热情奔放的意志，
我用自己宽阔的心胸
丈量自己未来的得失；
恶与圣物在心中搏斗，
我掐住了圣物的嗓音，
我从心里挤出了泪滴；
像只失去汁液的小浆果，
恶在厄运的风狂雨骤中，
在生活的炎炎烈日下凋落。

于是为投身人生的竞技场，
我透过世俗的种种礼仪
和情欲的莫名其妙的帷幕，
大胆地闯入人们的心里。

（1836—1837 年）

一根巴勒斯坦的树枝 ①

巴勒斯坦的树枝啊，告诉我：

你生在哪里，在哪里开花？

你曾经点缀过哪些山岗，

你曾把哪些峡谷美化？

东方的晨光可曾抚慰你——

在那清澈的约旦河 ② 畔？

_____

① 莱蒙托夫为《诗人之死》添写的最后十六行诗落入宪兵之手后，他预感到被捕之日已不远，便走访文学家穆拉维耶夫，想请他从中斡旋，但他没有在家。在等候主人的时候，莱蒙托夫看见室内有穆拉维耶夫从巴勒斯坦带回的棕榈树枝，有感成诗。诗人于当天晚上即被沙皇当局逮捕。诗人在这里从基督教神话中提炼了"巴勒斯坦的树枝"这一诗歌形象，它是信仰、希望和最好的神兵等的象征；同时诗人又在树枝的命运背后埋下了关于自己命运的言外之意，在这一形象的掩护下展望自己不祥的前景，鼓起自己面对厄运的勇气（在俄罗斯诗歌中，东方格调常与勇敢和坚毅相联系）。

② 一条河名。

吹过黎巴嫩山间的夜风，
可曾愤怒地把你摇撼？

当梭林 ① 的那些贫寒的子孙，
把你的绿叶编织的时刻，
他们是低声向上帝祈祷，
还是唱起那古老的颂歌？

那棵棕榈如今可还活着？
可仍用阔叶茂密的顶盖，
常在夏日炎炎的时节，
把荒原上的行人招徕？

莫非它在伤别的痛苦中，
已经凋残得和你一样，
谷地的尘土正在贪恋地
扑倒在它枯黄的叶上……

告诉我，是谁用虔诚的手，

----

① 即耶路撒冷。

把你带到我们这地方？
他是否常常为你忧伤？
你可曾把他的苦泪流身上？

也许他是个最好的神兵，
他有着一副开朗的容颜，
他在世人和神灵的面前，
如同你永远无愧于苍天？……

你，耶路撒冷的树枝啊，
守卫在金铸的圣像之前，
是神明忠心耿耿的哨兵，
也受到他暗中的保全。

幽冥的暮色和神灯的柔光，
神龛和十字架等圣洁的象征……
在你四周和在你的上边，
一切都充溢着欢悦和宁静。

（1837 年）

每逢黄澄澄的田野泛起麦浪……①

每逢黄澄澄的田野泛起麦浪，

凉爽的树林伴着微风歌唱，

园中累累的紫红色的李子，

在绿叶的清阴下把身子躲藏；

每逢嫣红的薄暮或金色的清晨，

银白的铃兰披着一身香露，

正殷勤地从那树丛下面

对着我频频地点头招呼；

---

① 这首诗构思巧妙，结构严谨，意境优美，具有以景怡情的感染力。诗人列举了一个个能使他和大自然融为一体的短暂瞬间，只不过从反面更加衬托出诗人经常的内心不宁和焦虑。诗中列举的景物不属于同一节令，这仿佛向我们点明他们仅是诗人的主观愿望，并不是现实环境。这便进一步强化了"怀疑、否定、痛恨的思想"（赫尔岑语）主题。

每逢清凉的泉水在山谷中疾奔，

让情思沉入迷离恍惚的梦乡，

对我悄声诉说那神奇的故事，

讲的是它离开了的安谧之邦，——

此时我额头上的皱纹才会舒展，

此刻我心头的焦虑才会宁息，——

我才能在人间领略幸福，

我才能在天国看见上帝……

（1837 年）

我不愿意让世人知晓……①

我不愿意让世人知晓
自己藏在心底的隐忧；
只有上帝和我的良心，
才配评说我的爱和愁。

心儿将会向他们倾诉，
也会向他们乞求怜悯；
但愿即将来惩罚我的，
是制造我的痛苦的人；

庸人俗子的纷纷责难，

---

① 诗人在这里用了浪漫主义者所惯用的将"我"与"尘世"对立
的手法，因为在浪漫主义者看来只有上帝和良心才会有自白或审判
的权利。但诗人在向上帝祷告的同时，又向他挑战。诗人不理会尘
世，也不听信上帝。

岂能使崇高的心灵悲伤；
任凭大海的涛声喧天，
花岗岩的悬崖安然无恙！

悬崖把额头高耸入云，
是两种自然力忧郁的房客，
除去风暴和阵阵响雷，
它不把心思向任何人诉说……

（1837 年）

我急急匆匆打从遥远的……①

我急急匆匆打从遥远的、

温暖的异乡朝北国赶程，

哦，加兹贝克②，东方的卫士，

我这个流浪汉向你致敬。

你那皱纹累累的额角，

自古就裹着洁白的头巾，

人们高傲的低声怒怨，

也惊不破你高傲的恬静。

---

① 1837年莱蒙托夫由格鲁吉亚返回北方途中，取道于位于加兹贝克山旁的格鲁吉亚军用大道，在途中写成此诗。诗人以拟人化的手法把大自然永恒的宁静与充满七情六欲的尘世的不安两相对照，烘托出一个被命运驱赶的流浪者的艺术形象。最后两句多数论者认为是与他志同道合者为他加的。此诗最初的稿子先纳入长诗《伊斯梅尔——贝》中，它的主题和形象在《恶魔》等作品中得到进一步扩展。

② 高加索的山名。

但愿你的峭壁悬崖，

把我这颗顺从的心的祝愿，

带进天国和你的领地，

带到安拉永恒的宝座前。

我祈求凉爽的日子能降临

尘飞的大陆和酷热的谷地，

好让我正午路过荒原时，

能坐在石上作片刻小憩。

我乞求暴风雨万万不要，

披铠带甲，雷声隆隆，

来袭击我和疲惫的骏马，

在阴沉的达里亚尔谷 [①] 中。

不过我还有一个愿望！

我怕说出！——心在颤栗！

我怕自从我流放以后，

_____

① 高加索的一个山谷。

我在故乡早已被人忘记！

我还能得到从前的拥抱？
我还能听到旧时的问候？
亲友还能认出这受苦人，
在经过这么许多年之后？

也许在那凄冷的墓间，
我已将踩着亲人的尸骨，
他们善良、热情而高尚，
曾和我一起把华年共度。

啊，既然如此！加兹贝克啊，
你快用暴风雨将我掩埋，
并毫不留情地在深谷扬起
我这无家可归者的遗骸。

（1837 年）

我恐怖地望着我的未来……①

我恐怖地望着我的未来,

我苦恼地望着我的往昔,

活像一个临刑前的死囚,

我从周围寻觅亲人的慰藉;

解救的信使会不会来临,

为我把人生的真谛追索,

揭示期待与激情的目的,

告诉我上帝为我准备了什么,

为什么它要如此苦苦地悖逆

我青年时代的千种希冀。

---

① 这首诗可能是《我的未来如埋在雾中》一诗的草稿,风格上接近早年抒情诗。本诗不仅写作年代有疑点,诗的所指也富于争论。虽然这是抒情主人公在转折关头对以往的总结,但"未来"指什么?"另一种生活"又是指什么?有人认为是指精神的更新,有人认为是指尘世的终了。不过,在今天的读者参与再创造的氛围中,上述疑点和争论并非就是坏事。

我向人间交出了人间的贡品：

爱情、希望、邪恶与善行；

我已准备开始另一种生活，

我默默期盼我的时刻来临；

在这世上我不会留下弟兄，

而我这颗疲惫不堪的心，

早被一片黑暗和寒意笼罩；

犹如那早熟但干瘪的浆果：

在人生这轮毒烈的骄阳下，

在命运的狂风暴雨中凋落。

（1838 年）

293

你的目光有如那天穹……①

你的目光有如那天穹，

一片珐琅似的淡青，

你年轻的声音像个吻，

发出响声后又消遁。

为了你一句奇妙的话，

为了你秋波的一转，

我甘愿交出浴血的美男子，

这个格鲁吉亚的宝剑。

---

① 本诗和《他一放歌喉，声音便消融……》《我一听到了你那……》同是献给诗人的大学时代结识的歌唱家巴尔金涅娃的。但也有论者认为是写给恰夫恰瓦泽或维耶里戈尔斯卡娅的。其实诗一经诗人写出已独立存在，重要的不是写给谁的，而是怎样写的，是什么情调，带什么感情色彩。"你温柔的声音"等诗句还令人想起普希金的《致凯恩》。

宝剑有时也甜蜜地闪光，
发出更悦耳的响声，
一听这声音心儿就颤动，
心中的血也会沸腾。

但从听到你温柔的声音，
看见你可爱的眼睛，
这种征战而不安的生涯，
便不再愉悦我的心灵。

（1838 年）

295

哥萨克摇篮歌 ①

睡吧，我的俊俏的宝贝，
摇呀摇，快快睡。
皎皎的月儿不声不响地
朝你的摇篮撒银辉。
妈妈来给你讲个故事。
给你唱上一个小曲儿，
你就闭上眼睛打个盹儿，
摇呀摇，快快睡。

捷列克河在乱石中奔流，
浊浪朝着岸边溅拍，

---

① 这是一首歌颂母爱的抒情诗，但诗人赋予母亲这个一般性形象
以一个具体的、活生生的哥萨克女人的性格。她的慈母之心是那样
温柔，那样恳挚，那样忘我，那样神圣，那样动人，使人读后深深
感动。诗人在逝世前一年曾为此诗谱曲。

凶恶的车臣人 ① 爬到岸上，
忙把他的短剑磨快；
可你爸爸是个老兵，
曾在战火中百炼千锤；
睡吧，安心睡吧，小宝贝，
摇呀摇，快快睡。

有朝一日你自己也将会
尝到戎马生涯的滋味，
你会勇敢地踩上马镫，
拿起武器到沙场扬威。
我定用丝线绣上一个
征战用的小小马鞍……
睡吧，我亲爱的小乖乖，
摇呀摇，快快睡。

你将会有战士的气概，
而且会有哥萨克的胸怀。

————————
① 生活在高加索的一个少数民族。

我将会出门送你上路，
你就对我把手一摆……
那天夜里我偷偷地流下
不知多少伤心的泪水！
美美地安睡吧，我的天使，
摇呀摇，快快睡。

我总会朝也思，暮也想，
眼巴巴地等着你回来；
我要成天为你祈祷，
夜夜卜卦猜又猜；
我将要寻思，你正在异乡
想得我闷闷不快，
趁你还不懂事，你睡吧，
摇呀摇，快快睡。

我要趁你上路的机会，
送个小圣像随身携带，
当你向上帝做起祷告，
在你胸前把它打开；

当你投身危险的战斗，

你可记住妈妈的慈爱……

睡吧，我的俊俏的宝贝，

摇呀摇，快快睡。

（1838 年）

莫要相信自己 [1]

我们毕竟无需理会那种大喊大叫，
无论出自诺言叫得震天响的骗子手、
热情的贩卖商、制造大话的巨匠，
还是出自在漂亮话上狂跳的舞蹈家之流。

—— 奥·巴比埃 [2]

年轻的幻想家啊，莫要相信自己，
要害怕溃疡似的害怕灵感，
灵感是你患病的心灵的胡言乱语，

---

[1] 这是一首十分别致的抒情诗，抒情中有讽刺，讽刺中有抒情。由于写得较含蓄，当时为许多人所不解，至今人们对它仍有不同的理解。一种看法（以纳伊吉奇为代表）是：此事阐明了当时许多极其重大的问题，其中包括诗人在社会中的位置的问题；诗人的抒情诗不为世人所需要，就是意味着诗人具有叛逆的性格。另一种看法（以希金为代表）则认为：诗中主要抨击了当时诗坛上自我陶醉或自怨自艾的诗风。译者认为第一种观点更切合诗的内容实际，但诗中也不无对诗人的怨天尤人进行指责之意。

[2] 这段题词引自法国诗人奥·巴比埃（1805—1882）的法语原诗。

或是你受禁锢思想的愤懑。
别在灵感中徒然寻找天国的征候：
那是感情冲动，精力过旺！
快用操心琐事消磨掉你的生命，
快斟上一杯下了毒的琼浆；

每当你在朝思暮想的美妙瞬间，
在你那早已喑哑了的心房，
发现一个无人知晓的处女般的泉眼，
正流出醇厚而甜美的音响，
你切莫倾听，切莫沉迷于这声音，
快给它蒙上忘怀之幕吧，
即使用上铿锵的诗行和冷静的语言，
也无法把它的含义表达。

每当哀愁袭进你的心灵深处，
激情似风暴袭进你心坎，
此刻莫要携带你那疯狂的女友，
去参加人家喧闹的酒筵；
莫要失了尊严，要耻于卖弄情感，

别时而大怒，时而忧伤，

要耻于对着心地善良的平民百姓，

傲慢地显示心灵上的脓疮。

你痛苦与否和我们有什么相干？

干吗要知悉你内心的不安，

干吗要知悉你早年那愚蠢的期望，

知悉你理智愤然的憾念？

请你看看：在你面前，世人照样

悠然地走着习惯了的路；

在他们快活的脸上焦虑依稀可辨，

但见不着不体面的泪珠。

然而他们之中未必会有一个人

不曾被折磨得萎靡不振，

没有因为犯罪，也未因遭受不幸

而未老先衰，满脸皱纹！……

相信吧：你那老生常谈的哭泣和埋怨

他们都视为可笑不堪，

有如一位涂脂抹粉的悲剧演员，

舞弄着硬纸板做成的宝剑……

（1839 年）

祈祷 ①

每逢生活中艰难的时刻，
忧思袭进我心坎儿，
我把一篇美妙的祈祷文
反复默咏在心间。

在这生动悦耳的经语里，
蕴含着天赐的力量，
一种古怪的神圣魅力，
在经语中跃然纸上。

---

① 这是莱蒙托夫三首以"祈祷"为题的抒情诗中的一首，是献给谢尔巴托娃的。谢尔巴托娃曾告诉莱蒙托夫，如果他感到苦闷就可祈祷，莱蒙托夫果然照此办理。有人认为此诗是诗人由反抗转向温顺的明证，别林斯基驳斥了这种意见，认为这些诗"是使诗人发出使人不寒而栗的忧郁声音的同一精神状态的产物"，只不过表现形式有别罢了。格林卡和李斯特（通过德文译本）都曾将此诗谱成抒情歌曲。

像从心头忽卸下重担，

疑惑逃得远远——

我又听信，又想哭泣，

感到轻松、舒坦。

（1839 年）

他坐在狂饮的宴席上沉思……①

他坐在狂饮的宴席上沉思，

独自一人，被疯狂的朋友抛开，

但他那神思的目光投向于

对我们关闭着的遥远未来。

我记得，在碰杯、喊叫和言谈里，

在节日的歌声和宾客的大笑声中，

他那一席充满沉思的话语

像预言一般地响声铮铮。

他说："啊，朋友们，尽情狂欢吧！

---

① 这首诗和《总有一天，我这个在祖国的外人》《不要嘲笑我这预感不祥的忧愁》一起组成"天命集"组诗，是它的结篇。诗没有写完，只保存三个诗节。这是对威胁着宴饮者的利斧的预言，与前两首不同的是悲剧性牺牲的光环不是挂在作为抒情主人公的"我"头上，而是某个客观化的人的头上。

这衰朽的世界与你们有何相干？……

在你们头顶上晃动着一把利斧，

对！……你们中只我一个看见。"

（1839 年）

我常常置身于花花绿绿的人中间……①

我常常置身于花花绿绿的人中间，

仿佛是在梦境，就在我的眼前，

伴着舞步凌乱和乐声吵嚷，

伴着俗不可耐的耳语的拿调装腔，

晃过一个一个温文尔雅的假面人——

一群有肉无灵的人的肖像。

那些早已不再战战兢兢的纤手，

以城里美人玩世不恭的胆量，

---

① 1840 年元旦前莱蒙托夫在圣彼得堡被邀参加了法国大使馆举办的贵族假面舞会，有两个戴假面的贵妇人对他大献殷勤，但都遭到他断然拒绝。据当时在场的尼·伊·屠格涅夫回忆，莱蒙托夫目不转睛地用忧郁的眼睛望着在他面前晃过的假面女郎，他的脸上显露出涌现创作灵感时的美好表情。诗人从宁静的乡村与喧闹的假面舞会、纯洁美丽的自然与目迷声色的花花世界的鲜明对照中揭露了上流社会的空虚、庸俗和伪善。别林斯基称此诗为"莱蒙托夫最优秀的诗篇之一"。

触到我这双冷冰冰的手掌，
每当此刻我表面沉迷于他们的声色，
心中却在重温往昔怀过的幻想——
已逝岁月里的神圣音响。

如果我在顷刻间沉入了遐想，
便会像一只自由的小鸟飞翔，
架起记忆的翅膀飞向过去；
我看到自己还是个孩子，在我周围
尽是故乡故地：一幢贵族的高房，
一座花园带温室的断垣残墙；

沉睡的池塘蒙上一张绿草的细网，
池塘后的村庄飘起袅袅的炊烟，
一片薄雾升起在田野的远方。
此刻我踏上一条幽深的小径；
晚霞的微光穿过丛林朝我张望，
黄叶在怯生生的脚下瑟瑟作响。

于是一种莫名的忧思袭上心头，

我想她，我爱她，我悲伤，

我爱我的意中人的幻象，

她有着一对燃着蓝焰的眼睛，

她有着一副玫瑰花般的笑容，

恰似黎明时树林后初露的曙光。

俨如奇异国度里至高无上的君王，

我就这样一连几个小时独坐冥想，

虽然几经疑云和痛苦的折磨，

当年的倩影至今仍然铭记心上，

像那清新的小岛安然立在海心，

在湿润的荒原上径自花草芬芳。

然而当我清醒之后认出虚幻，

人群的喧哗之声总会立刻吓跑

喜宴上的不速客——我的幻象，

啊，我真想搅扰他们的欢畅，

把充满苦味和怒气的铮铮诗句

狠狠地统统摔在他们脸上！……

（1840 年）

寂寞又忧愁 [1]

寂寞又忧愁，当痛苦袭上心头，

有谁能来和我分忧……

期望！……总是空怀期望干什么？……

岁月蹉跎着，韶华付东流！

爱……爱谁？钟情一时不难求，

却又无从相爱到白头……

反省自己么？往事消逝无踪，

欢乐、痛苦，全不堪回首。

---

① 此诗以凝炼的笔墨，细腻、深刻地表现了十二月党人起义失败
后，在尼古拉一世黑暗统治下一代青年的苦闷，在思想深度和艺术
技巧两方面都高出于早期主题相同的《独白》等诗。抒情主人公不
仅仅倾吐诗人个人的悲欢，而且已成为与《当代英雄》中的毕巧林
惊人地酷肖的社会典型：他感到生活空虚，前途渺茫，为蹉跎年华
而悔恨，为生不逢时而愤懑。此诗直抒胸臆，但又移情于景，诉诸
形象，感人至深，是对摧残人的创造力的社会制度的有力控诉。此
诗格调哀而不伤，被高尔基誉为具有"一种强有力的感情"。

激情算什么？迟早这甜蜜的病症

会烟消云散，当理智开口；

只消你向周围冷冷地扫一眼，

人生空虚、无聊真可愁……

（1840 年）

致玛·阿·谢尔巴托娃 [1]

　·

她曾用乌克兰的

一片丰茂的草原来交换

上流社会的锁链，

豪华舞会的目迷头眩。

在那世态炎凉的

冷酷无情的上流社会里，

南国的故乡遗风

---

[1]　此诗是莱蒙托夫献给女友玛·阿·谢尔巴托娃（1820—1879）的。据音乐家格林卡回忆，谢尔巴托娃虽非绝色女子，但极富魅力，她在嫁给一个公爵一年后即守寡，年仅二十八岁。据传诗人和法国大使的儿子巴朗特同时都爱她，因谢尔巴托娃爱莱蒙托夫，结果引起一场决斗。莱蒙托夫一反当时格雷宾卡的《自白》一诗中以女子比乌克兰的意境，以乌克兰比喻女子，以乌克兰的迷人景色形容谢尔巴托娃动人的风姿和高洁的心灵，不但塑造了一个灵肉兼美的女子形象，而且以淳朴的乌克兰反衬上流社会的"世态炎凉"与"残酷无情"。

在她身上并没有被丢弃。

有如乌克兰的夜空，

满天的繁星忽明忽暗，

在她芬芳的嘴里，

充满神秘莫测的言谈。

她的眼眸蔚蓝、晶莹，

宛似那乌克兰的苍穹，

她的爱抚像沙漠的风，

时而温存，时而灼人。

她那柔嫩的脸颊，

浮起熟李一般的红晕，

她那金色的鬈发，

闪着太阳金色的光芒。

她还严格地遵奉着

忧郁的故乡历来的习尚，

她希求上帝的保佑，

保持孩子般天真的信仰；

正像自己的同胞，
她不向别人乞怜求靠，
在那傲然的平静中，
她在经受恶行和嘲笑。

紧盯不舍的目光，
点燃不起她激情的火焰。
她不会一见倾心，
也不无缘无故地断恋。

（1840 年）

女邻 ①

看来我已盼不到自由，

狱中的生活度日如年；

铁窗高居在地面之上，

而且有看守待在门边！

假如没有可爱的女邻，

我真愿意死在牢笼里！……

今天我们拂晓醒来，

我向她微微点头致意。

分开并连接我们的是囚禁，

---

① 这里所写的是莱蒙托夫因与巴朗特决斗而被囚居监狱的监狱长的女儿，一个厌倦于室内窄小天地的姑娘。诗人和她未通一言，但对自由的共同向往使他们心心相印，默默相爱。此诗较《囚邻》对抒情主人公的内心抒发更为细腻，语言也更接近于人民。《女邻》已成为民歌，十月革命前革命者在狱中常唱此歌。

使我们认识的是相同的命运，
同一个愿望和双层的铁窗
让我们彼此心连着心。

清晨我一坐到窗前，
便任贪婪的目光流连……
对面的小窗哗地一响，
蓦然卷起了它的窗帘。

这调皮的女孩望了我一眼！
她把头靠在纤细的手上，
仿佛拂过一阵清风后，
一条头巾滑下她肩膀。

她柔嫩的胸脯十分苍白，
她独坐叹息，很久很久，
显然她心怀不羁的念头，
也像我时刻在怀恋自由。

别发愁呀，亲爱的女邻……

只要敢想，牢笼能打开，
我们定会像神鸟一样，
双双飞向广阔的野外。

从你父亲那里偷把钥匙，
你再让看守们吃顿美餐，
至于守门的那个家伙，
我一定想法亲自来干。

只是你要选个漆黑的夜，
给你父亲足足地灌饱酒，
为了让我好知道这件事，
请再把头巾挂在窗口。

（1840 年）

致玛·彼·索隆米尔斯卡娅 ①

徘徊在地狱深渊之上，

有时那个罪恶的灵魂，

能在天堂的大门之上，

读到圣洁题词的花纹。

它常为非人间的痛苦，

找到一种难言的欢快，

就凭令人嫉妒的遐想，

像飞出牢牢的围墙之外。

我也这样在监狱中认出

---

① 从内容看，这是诗人被捕后对 1840 年 4 月末至 5 月初索隆米尔斯卡娅的便条表示感谢的赠答诗（题在她的纪念册上），索隆米尔斯卡娅是禁卫军骠骑兵团一指挥官之妻，是莱蒙托夫诗才的崇拜者，当诗人因与法国公使的儿子巴朗特决斗而被捕，她曾给他写过一封没有署名的慰问信。

我至今仍陌生的字迹来，
凭着遐想的坚强意志力，
我顷刻间变得自由自在。

于是您对我的隐姓埋名
但永世难忘的问候致敬，
成了我苦海里的希望之光，
成了我遂心的自由的保证。

（1840 年）

因为什么 ①

我忧伤，因为我爱你，

我深知阴险的流言可畏，

它不会顾惜你青春的光辉。

为每一个良辰或甜蜜的一瞬，

你都得把泪和愁偿付给命运。

我忧伤……因为你欢欣。

（1840 年）

---

① 此诗可能是献给女友谢尔巴托娃（年轻的寡妇）的。诗人和她相互倾慕（她对诗人的天才评价极高），但受到上流社会的中伤和她祖母的阻挠，终于未能成眷属。诗人的爱与忧，恋人的悲和喜，上流社会的阴险和命运的乖张……在诗人心田里交织成一张错综复杂的感情之网。因此别林斯基论及此诗时说："寥寥数行……但我的天哪！每一诗行都蕴含着多么漫长而忧郁的故事啊！它们含义深刻，充满思想！"爱情与世态，爱与恨，喜与忧两相对衬，是此诗最大的艺术特色。

谢 [1]

我感谢你，为了一切的一切：

为了激情带来的内心的痛楚，

为了辛酸的眼泪和含毒的热吻，

为了朋友的中伤和敌人的报复；

为了在荒原耗掉的心灵的烈焰，

为了平生曾经欺骗我的一切……

但求你这样为我安排我的命运，

让我今后对你还有几天可谢。

（1840 年）

---

[1] 此诗和长诗《恶魔》一样，也是表现渎神的主题，但与《恶魔》采用的离经叛道方式不同，此诗用了衷心"感谢"的讽刺手段，表现了与《恶魔》同样的视上帝为人间不幸之源的思想。原诗中用"你"时未用大写，检察机关误认为是写给朋友的而予通过，殊不知此诗醉翁之意不在酒，而在抨击人间的上帝——沙皇专制制度。

译歌德诗 ①

那高高的山峰哟，

在漆黑的夜幕下沉睡，

那静静的峡谷哟，

饱含着清新的昏黑，

道上扬不起尘土，

树叶不再颤巍巍……

你稍稍等候一下吧，

也该你休息一会儿。

（1840 年）

---

① 此诗是莱蒙托夫通过意译歌德的《漂泊者的夜歌》一诗而得，
译诗在艺术技巧上超过了原作，成了一件独特的艺术精品。

给孩子 ①

我为年轻时的幻想黯然神伤，

怀着隐隐的颤栗和暗暗的欢畅，

美丽的孩子啊，我正凝望着你……

啊，假如你能知道，我多么爱你！

对你那年轻的微笑我多么珍爱呀，

还有那活泼的眼睛、金色的鬈发，

还有那清脆的嗓音！不是人们在说：

你长得像她吗？——唉！光阴似箭；

苦难过早地改变了她的容颜，

但忠诚的想望在我心中保存着

她的倩影；她那充满烈焰的眼

_____

① 这首晚期抒情诗的特色是诗人把爱情视为一种给他带来痛苦的
必然具有悲剧色彩的情感，在体裁上接近于《梦》《幽会》《遗言》
等其他晚期抒情诗。抒情主人公对他爱过的女人所生孩子的抒情性
独白，是一首小小的抒情诗包含一篇完整的故事。此诗献给谁的问
题众说纷纭，至今仍是个谜。

永远和我同在。而你是否爱我？

意外的抚爱是否使你感到讨厌？

我吻你的小眼睛是否过于频繁？

我的泪是否灼痛了你的脸蛋？

当心，可别对人提起我的哀伤

一句也别提起我……何必提起？也许，

童年的故事会使她生气或不安……

但你要把什么都告诉我。夜晚时分，

她在圣像面前和你一道虔诚地俯身，

对你轻声地念有儿童的祈祷文，

握着你的手指划出十字的象征，

你跟随她反复地念诵一个个

熟悉的亲人的名字——请告诉我，

她是否教你还为别的什么人祈祷？

也许，她脸色变白，嘴里念诵

如今你已记不起来的人名……

别回想它吧……名字算什么？空洞的声音！

上帝保佑，它对你永远是个谜。

但无论什么方式，无论什么时候，

你若偶然辨认出它，那就请回忆

童年的时日，孩子啊，别对他诅咒！

（1840 年）

云①

天上的行云，永不停留的漂泊者！

你们像珍珠串飞驰在碧空之上，

仿佛和我一样是被放逐的流囚，

从可爱的北国匆匆发配到南疆。

是谁把你们驱赶：命运的裁判？

暗中的嫉妒，还是公然的怨望？

莫非是罪行压在你们的头上，

还是朋友对你们恶意地中伤？

---

① 此诗写于莱蒙托夫第二次流放高加索动身之前。友人们在卡拉姆辛家聚会和他告别，他站在窗前，仰望着涅瓦河上空的流云，有感于自己的身世，即兴成诗。这是一首寓意诗，以云为象征，诗人将云拟人，移情于景，以碧空飞云之景，抒发惨遭流放之情，又以"永远冷漠，没有祖国"之景，烘托自己因热爱祖国而反遭厄运的悲愤之情，情景相生，浑然一体。苏联有四十多个作曲家为此诗谱了曲。

不，是贫瘠的田野令你们厌倦……
热情和痛苦都不关你们的痛痒，
永远冷冷漠漠、自由自在啊，
你们没有祖国，也没有流放。

（1840 年）

录自索·尼·卡拉姆辛娜的纪念册 [①]

我也曾在那往昔的岁月里，
在我纯真无邪的心灵之中
钟爱过大自然喧嚣的风暴，
也爱过激情的暗暗的汹涌。

但我很快就领略了它们那
无诗意形象的美色的奥秘，
他们那不连贯而又震耳的
话语终于使我感到了厌腻。

---

① 索菲亚·尼古拉耶夫娜·卡拉姆辛娜（1802—1856），作家及历史学家恩·米·卡拉姆辛的长女，是茹可夫斯基、普希金、莱蒙托夫等人的朋友。这篇作品既是题纪念册的即兴诗，也是展示诗人在晚期（1839年以后）在美学观点上所发生转折的宣言。从诗中可以看出诗人正摈弃浪漫主义的激情而倾心于客观现实。

一年比一年我越发地喜爱

给平静的希望以宽阔空间，

品味清晨时分晴朗的天气，

和黄昏前后那悄声的倾谈。

并欣赏您那些奇谈和妙论，

还有您那嘻嘻哈哈的笑声、

斯米尔诺娃 [①] 的鬼把戏、萨沙 [②] 的

恶作剧和米亚特列夫 [③] 的诗文……

（1841 年）

[①] 亚历山德拉·奥西波夫娜·斯米尔诺娃（1809—1882），茹可夫斯基、普希金、果戈里等常常造访的文学沙龙的女主人。莱蒙托夫在 1838 年与她结识。

[②] 即亚历山大·尼古拉耶维奇·卡拉姆辛，萨沙是亚历山大的爱称。

[③] 伊凡·彼得罗维奇·米亚特列夫（1796—1844），俄国诗人，常与普希金、茹可夫斯基等来往，爱写讽刺诗。

表白 ①

假如你的朋友给后人，

没有留下光荣的头衔，

而仅把关于热情酿成的

迷误的回忆留在人间；

假如他那热血沸腾的心

无声无息在黄土中安眠，

而在这心中爱和恨搏斗，

曾那样激烈、那样枉然；

---

① 这是莱蒙托夫对早期的两首诗（《献给伊万诺娃的罗曼诗》和剧本《怪人》中阿尔别宁的诗《当只留下一些回忆的时候》）修改加工而成，究竟针对谁，没有定论。抒情主人公的恶魔气质比在其他诗中更浓重：他的思想被无穷无尽的恨和爱的搏斗所扰乱。

假如在公众的谴责之下，
你默默无语地垂下了头，
而你那纯真无邪的爱情，
竟也会使你感到愧羞——

那么，我求你别在这时辰，
用刻薄的话语埋怨那人，
虽然他曾用热情和放荡，
淹没了你那妙龄的青春。

你就对狡猾之徒的法庭说：
我们受另一个法庭审理，
你用痛苦的代价换得
去宽恕别人的神圣权利。

（1841 年）

死者之恋 [①]

纵令我已被冰凉的湿土
埋入了黄泉
情侣啊，我的心到处和你的
永远地相连。
身在这平静与忘怀之国，
我这墓中人，
依然没有从心中忘却
热恋的熬煎。

[①] 此诗是莱蒙托夫给巴尔金涅娃的纪念册的题诗，诗中表现了生
与死以及爱情的主题。死者葬身于黄泉，但仍摆脱不了炽烈的爱情
的煎熬，说明尘世的悲欢不能一死了之。这不仅展示了抒情主人公
生的欲望的强烈和他对爱情的忠贞，而且反映出作者虽痛恨黑暗现
实但并无出世的消极思想。莱蒙托夫在晚期不少抒情诗（如《梦》
《我独自一人出门启程》）中梦魂所到之处无一没有人间烟火。

我毅然在痛苦的最后一瞬，
辞别了人寰，
此后期望别离的慰藉——
别离未兑现，
我看见飘渺仙子的美色，
但惆怅不已，
因为我在天使们的面庞中
难把你辨认。

我并不稀罕辉煌的神力、
圣洁的天国，
来这里我随身携带许多
尘世的情感。
在天国无处不在怀想
我的意中人；
我仍在希望、哭泣、嫉妒，
如往昔一般。

只消另一个人的鼻息，
触及你脸庞，

我的心便在无言的痛苦中，
剧烈地抖颤，
只要你在梦中喃喃地谈及
自己的新欢，
你说出的话儿便会似火焰，
烧灼我心田。

我不应当再去爱别的人，
不，真不应当，
凭山盟海誓你同死者
已定亲成双，
唉，你的惧怕、你的祈祷
有什么用场！
你可知道，平静与忘怀
并非我所想！

（1841 年）

在荒凉的北国有一棵青松……①

在荒凉的北国有一棵青松，
孤寂地兀立在光裸的峰顶，
他披着袈裟般的松软白雪，
摇摇晃晃渐渐地进入梦境。

他总是梦见：在辽远的荒原，
在那太阳升起的地方，

---

① 这是莱蒙托夫对海涅抒情诗《一棵松树孤零零》的意译，他在
第二次修改后离原诗更远，变成纯粹的创作。海涅的主题是恋人的
离别，莱蒙托夫的主题则是人与人之间的隔膜。大雪压身的松树与
阳光朗照的棕榈虽然天各一方，素昧平生，但同样地孤独而忧伤。
在德语中松树（语法属阳性）和棕榈（语法属阴性）之间的区别在
莱蒙托夫诗（俄语）中已失去性别的象征意义，主题才出现这样的
转移。

有一棵美丽的棕榈树，

在愁苦的崖上独自忧伤。

（1841 年）

致叶·彼·罗斯托普钦娜伯爵夫人 ①

我相信你和我这两个人

原是同一颗星辰下诞生；

我们走的是同一条道路，

欺骗我们的是同一场梦。

那又怎样呢！热情的风暴

拉我们离开崇高的目标。

我在一场无用的斗争中，

把我年轻时的故事忘掉。

事先预见到永久的别离，

---

① 这是莱蒙托夫在赠给女诗人叶·彼·罗斯托普钦娜的纪念册上的题诗，写于他在 1841 年 4 月中旬动身去高加索的前夕，作为对罗斯托普钦娜同年 3 月 27 日给他的赠书与题诗的回赠。诗的第二部分写实与象征交融，每个意象都有着景与人的双重含义，如"两个亲密地驰骋的涛伴"既是写海景，也是指友谊，浪涛充当人的比喻，也作为人的象征。罗斯托普钦娜是莱蒙托夫的老朋友，她很同情十二月党人的革命事业。

我怕把自由交给我的心；
也不敢把徒劳无益的幻想
托付给那个叛变的声音。

有如在那大海的碧原上，
两个亲密地驰骋的涛伴，
偶然而自在地成对成双：
南风把他们并肩驱赶，
但在一处什么地方，
悬崖的石胸把他们冲散……
它们充满惯常的冷淡，
没有哀怜，也没有爱恋，
只是向不同的海岸带去
自己那甜蜜而慵倦的怨诉，
自己的喧嚷和假借的闪光，
自己那历久不衰的爱抚。

（1841 年）

340

约言①

任凭世人给我们俩费解的
结合贴上鄙夷的标签，
任凭你在世俗的偏见下
丢失一切家庭的关联。

但在人世的偶像面前，
我绝不屈下我的双膝；
也像你一样，对于我
既无恋人也没有仇敌。

---

① 这首由早期所写的《致美女》（1832 年）改写而成的晚期抒情诗，和《因为什么》（1840 年）、《致孩子》（1840 年）等诗一样，属于略带故事情节的抒情作品的体裁。从诗的第二节看，和《致美女》的五至八行完全相同。最后两个诗节经过修改后，赋予全诗接近于《遗言》（1840 年）的韵味，深沉而冷峻。

也像你一样，醉生梦死中，
我分不出更好的人；
对聪明人和傻子齐诉心曲，
但我只为自己的心生存。

我们不珍视人间的幸福，
我们只习惯于尊重人；
我们俩都不会背弃自己，
人们也不会背弃我们。

在人群里我们彼此能认出，
我们相遇了，又将分手。
过去没有过欢乐的爱情，
今后也不会有什么哀愁。

（1841 年）

悬崖 [1]

一朵金光灿灿的彩云，
投宿在悬崖巨人的怀里，
清晨它便早早地赶路，
顺着碧空欢快地飘移；

但在悬崖老人的皱纹里，
留下一块湿漉漉的痕迹。
悬崖独自屹立着沉思，
在荒野里低声地哭泣。

（1841 年）

---

[1] 这是莱蒙托夫晚期所写用象征手法进行讽喻或揭示哲理的寓意诗之一。孤独的主题从两方面得到挖掘：两个恋人的难舍难分，人与人之间的关系如过眼云烟，稍纵即逝。但此诗格调并不悲凉：通过"悬崖"的象征表现坚强和自信，通过"痕迹"的形象暗示抒情主人公有所行动。苏联共有六十多位作曲家为此诗谱过曲。

梦 ①

炎热的正午我躺在达吉斯坦山谷，

胸膛中了铅弹，已不能动弹，

我的鲜血一滴一滴流淌着，

深深的伤口上热气还在冒烟。

我独自躺在谷地的沙土之上，

重重的峭壁把我紧紧围在中央，

太阳炙烤着焦黄的崖顶和我，

但我酣睡着，仿佛死去一样。

---

① 这是莱蒙托夫晚期所写带一定情节的抒情诗之一（其他如《遗言》《邻居》《女邻》《囚邻》）。抒情主人公是一个在生死线上挣扎的重伤者，他梦见自己的死，梦中又梦见所爱女子的梦，她在梦中也预感到了他的死。这种照镜子式的结构使爱与死的主题在连锁反应中得到独辟蹊径的展现：使读者进入一个由梦与爱、梦与死、死与爱相互交织的扑朔迷离的境界。早期抒情诗中的爱情理想（期盼恋人终身铭记自己）似乎在诗中真正实现，使死的主题跃出通常充满悲剧气氛的窠臼。

我在此刻梦见在我的故乡，

正在举行灯火辉煌的晚宴，

在那披锦戴花的少妇中间，

讲到我时引起了一场欢谈。

但有一位少妇却独自沉思，

她没有参加这次欢快的谈论，

只有天知道是一种什么力量，

使她年轻的心沉入忧郁的梦。

她梦见在那达吉斯坦谷地，

一具熟悉的尸体横卧地上，

胸前发黑的伤口热气腾腾，

渐渐冷却的鲜血还在流淌。

（1841 年）

他们曾久久地、深情地相爱^①

> 他们俩彼此相亲相爱，
>
> 但谁也不愿将心表白。
>
> > 海涅^②

他们曾久久地、深情地相爱，

怀着狂暴的激情和深沉的思恋！

但仿佛仇人规避着相会和表白，

短短的交谈竟如此空洞而冷淡。

他们在沉默和骄傲的煎熬中分手，

---

① 此诗是海涅《他们相爱的，但谁也没有》一诗的意译。莱蒙托夫加进了自己的构想：不是像海涅那样以两个恋人之死告终，而是变悲剧为永恒；也不是如一般浪漫主义诗歌那样祈求一对恋人死后成双，而是指出死不过是人间痛苦永无休止的继续。

② 题词的原文为德语。

心爱的面容只能在睡梦中一见，
死神来了，他们有缘在黄泉聚首……
在另一世界里却彼此无法认辨。

（1841 年）

塔玛拉 [1]

在幽深的达里雅尔峡谷，

捷列克河在夜雾中奔流，

在那黑黝黝的山岩之上，

有座黑沉沉的古老的塔楼。

在这又高又窄的塔楼上，

住过名叫塔玛拉的女皇，

她俊俏美丽宛如一个天使，

凶恶阴险又同恶魔一样。

---

[1] 此诗系根据高加索流传的神话写成。诗中描写了一个以姿色引诱男人的女子，一个具有恶魔气质的形象。诗人通过塔玛拉的形象展现爱与死的主题，但与其他主题相同的诗相比别有意趣。长诗《恶魔》、抒情诗《海宫公主》等作品中男性的爱为女性招致死亡，此诗却相反，女性的爱使男性不幸丧生。与《梦》等诗中表现爱战胜死的思想相比，此诗正相反，暗示有肉无灵的爱是短暂的，没有永恒的价值。

一盏金光闪闪的灯火，
透过午夜时分的迷雾，
映进过往行人的眼帘，
招徕他们去登门投宿。

于是传来了塔玛拉的声音：
声声充满了欲火和激情，
里面藏着万能的魔力，
像一道不可抗拒的命令。

就为了欢会幽楼的美女，
武士、商贾和牧人寻声上门：
大门在他们面前敞开了，
阴沉的太监忙上前去欢迎。

她满头珠翠，一身锦绣，
在那松软的绒毛卧榻上，
等候着嘉宾。在她面前，
两杯美酒酌得咝咝作响。

炙热的臂膀交织在一起，
嘴亲着嘴，如胶似漆，
但听得这里通宵喧闹，
传出的声音粗野而离奇。

仿佛聚集到这萧索的塔楼，
有成百对热情的年轻夫妻，
来参加夜半举行的婚礼，
或出席出殡追荐的葬仪。

但当拂晓的万道金光，
刚刚投射到群山之巅，
仅仅过了一刹那工夫，
楼中重又沉默、变暗。

只有捷列克河发着喧响，
把达里雅尔的寂静扫光；
一阵怒涛推赶另一阵怒涛，
一个巨浪追逐另一个巨浪。

浪涛哭泣着，急急匆匆地
带走一具无言的尸体；
这时窗里闪出一个白影，
一声"别了"在那里响起。

道别的话语是如此缠绵，
声音是那样的娓娓动听，
仿佛又一次在向人许诺：
欢快的幽会和温存的爱情。

（1841 年）

叶 [①]

一片橡叶脱离了他的故枝，
在暴风驱赶下向着旷野飘行，
因为严寒、酷暑和悲伤而枯萎，
最后一直飘落到了黑海之滨。

黑海边长着一棵年轻的悬铃树，
微风抚摩着绿枝，在互诉衷肠，
极乐鸟在枝头轻轻摇晃着身子，
把海中那妙龄女皇的荣耀歌唱。

[①] 这是一首寓意十分丰富的景物诗。诗中塑造了两个相互对立的主要形象：长期漂泊而倦于奔波的橡叶和蜗居一隅而志得意满的悬铃。橡叶在命运风暴的驱赶和严寒酷暑的摧残下走投无路，直至海滨，不得已而去向悬铃树求靠，但悬铃树对橡叶漠然处之，让它继续往前走，前面已是茫茫大海，只有死路一条。此诗通过景物的拟人化形象，鲜明地表现了莱蒙托夫愤世嫉俗的抒情主人公与周围世界的矛盾冲突。与早期的抒情诗不同，此时的抒情主人公已表现出对平静与忘怀的追求。

飘叶贴到了高耸的悬铃树的根上，
哀婉动人地祈求个栖身的居处，
并说道："我是一片可怜的橡叶儿，
在酷寒的祖国过早地长大成熟。

我早就孤独彷徨地东飘西颠，
没有遮阴，无眠和不宁使我枯萎，
你就把我这异乡客留在翠叶间吧，
我知道不少故事，都离奇而优美。"

"我要你干吗？"年轻的悬铃回答，
"你又黄又脏，跟我的鲜叶儿难作伴，
你见多识广，可我何必听你那些神话？
我连极乐鸟的歌声都已经听厌。"

"你再往前走吧，漂泊者！我不认识你！
我受太阳的钟爱，为太阳争春；
这里我自由地伸出漫天的树叶，
清凉的海水正洗涤着我的树根。"

（1841 年）

353

我独自一人出门启程……①

一

我独自一人出门启程

夜雾中闪烁着嶙峋的石路；

夜深了。荒原聆听着上帝，

星星们也彼此把情怀低诉。

二

---

① 这是莱蒙托夫最后所写诗篇之一，是他对主题进行多次探索的抒情性总结。别林斯基认为此诗"一切都是莱蒙托夫的"。诗人在这里深化了宁静的主题，他把原先视为精神空虚的象征的荒原当作和宇宙幽会的地点，从而使人间的景物带着宇宙的色彩，烘托出一个似在人间，似在天国的朦胧境界。与早期抒情诗中使宁静与自由互不相容的情形相反，在此诗中两者并行不悖。对诗中的"宁静"，论者众说纷纭：有的认为是"积极的宁静"，与"整个生活相合拍"，有的则认为是"昏昏欲睡，万念皆空"，"融化在宇宙的恬淡之中"。对此诗在音乐性方面所达到的成就，评论界则是一致肯定的，甚至认为其为俄国抒情诗中所罕见。

天空是如此壮观和奇美，
大地在幽幽蓝光中沉睡……
我怎么这样伤心和难过？
是有所期待，或有所追悔？

三

对人生我已经无所期待，
对往事我没有什么追悔；
我在寻求自由和安宁啊！
我真愿忘怀一切地安睡！

四

但我不愿做墓中的寒梦……
我是想永远这样地安息：
让生命仅仅在胸中打盹，
让胸膛起伏，微微呼吸。

五

让甜蜜的声音娱悦我耳朵，
日日夜夜为我唱爱情的歌，

让我茂密的橡树长绿不败，

俯下身躯对着我低声诉说。

（1841 年）

先知 ①

自从永恒的法官给了我
先知的无所不晓的本领，
我便能从人们的眼神里，
发现写满的仇恨和恶行。

正当我开始宣布我那套
爱和真实的纯正学理，
我的亲友都很疯狂地
用石块向我乱掷一气。

---

① 这是莱蒙托夫所写的最后一首诗。诗人在诗中继承并发扬了普希金和十二月党人"先知"的主题。普希金的抒情诗《先知》确认了诗歌的伟大使命和诗人的巨大作用，莱蒙托夫的《先知》则指出一个可悲的事实：有着"先知"的无所不知和无所不晓的本领的俄国诗人反遭到了世人的冷遇。

我怀着极其悲哀的心情，
像个乞丐逃出了城市，
如今我已生活在荒野里，
好似禽鸟靠神餐布施。

此地的生灵对我很恭顺，
他们仍遵循上帝的遗训；
星星都在聆听我的话，
快乐地拨弄着光的波纹。

然而当我仓惶失措地
穿过那个嘈杂的城市，
老人们带着庄重的笑容，
对着孩子们如此训斥：

"你们看：这就是前车之鉴！
他过去骄傲，跟我们不合群！
他真蠢，竟想让我们相信：
上帝通过他传自己的声音。

孩子们，看看他的下场吧：
他多么消瘦、苍白和阴郁！
看他赤身裸体，一贫如洗，
大家又是怎样瞧不起！"

（1841 年）

译自拜伦 [①]

啊！如今我已今非昔比，

朋友们恐怕已认不出我，

当年在我的额头之上

不曾有一丝白发闪烁。

那时我一点也不见老，

然而激情的烈焰早已僵化。

我这颗心，出现了皱纹，

还有那可恨之极的斑发，

而且如今我不去理会

垂暮之年对身心的压力。

我还感知心灵的激动——

逝去的爱情可怕的遗迹。

[①] 这是对拜伦叙事诗《别波》（1818）中第五首歌的意译，但已融进了莱蒙托夫切身的感受，因而染有莱蒙托夫的感情色调。

但我要说，捷列莎的美色
至今仍在我半夜的梦境里
浮现，我梦见她正漫步在
栗树和樱桃树丛间的林阴里。
明月正顺着天顶徘徊……
我是多么满足和欣慰！
我看见秀发……水灵的目光
满含着滚烫的莹莹泪水……
酥胸似珍珠溢满了白皙。
她那倩影竟如此可爱，
刻在我心中栩栩如生！
我记得她并不高的身材，
和她亚细亚式的举止，
她那鲜红鲜红的芳唇，
她那羞涩的慌张和红晕……
但够了！够了！我是爱过，
我改变不了自己的感情！……

爱情消失在粗野的心中，
只会在万不得已时燃烧，

却永远（厄运反对也枉然）

不会使我的心熄灭火苗，

昔日往事的影子至今

跟在马塞帕①身后奔跑……

（年代不详）

---

① 马塞帕·伊凡·斯捷潘诺维奇（1644—1709），是致力于乌克兰从俄国独立的民族领袖。

每当我对希望无法期盼……①

每当我对希望无法期盼，

而又不敢哭泣和爱别人，

我总要用痛苦来赎回

罪恶的青年时代的毛病；

每当往事每时每刻地

一幕幕浮现在我的眼前，

那原是圣洁和美好的一切，

被唤回我身边时改了容颜，

我便要用不明智的祈祷，

久久地让上帝感到讨厌，

我突然听到动听的声音，

"你要求什么？"他开了言，

———————————

① 诗中塑造了一个怀疑主义者的抒情主人公形象，他不相信青春和爱情的理想，不相信存在用苦难来赎罪的可能性。诗人采用了与上帝对话的形式，暴露了人与上帝之间的隔膜。

"你倦于生活了吗？过错不在我；

你克制一下激情的澎湃；

也像别人那样保持冷静；

也像别人那样能够忍耐。

你的幸福是镜花水月，

难道你舍不得你的幻想？

笨蛋！你的手杖在哪里？

把它拿起来，上路去远方；

不论你路经茫茫的沙漠，

还是穿过繁华的大都市，

你都别崇拜任何神的圣物，

都别为自己营造栖身之地。"

（年代不详）

我的孩子，别哭泣，别哭泣……[①]

我的孩子，别哭泣，别哭泣，

他不值得你过分地伤心，

你信吧，他追求你纯属儿戏！

你信吧，他爱你是出于苦闷！

难道在我们的格鲁吉亚，

英俊的小伙子就如此稀少？

他们那乌黑的眼睛更明亮，

他们的黑胡子翘得更美妙！

命运把他从遥远的异邦，

突然带到了我们的家乡，

---

① 诗中通过抒情女主人公哄孩子的喃喃自语，刻画了一个心灵空虚的薄情的丈夫的形象。内容上与长诗《恶魔》中恶魔的第一次独白有所联系，女主人公的命运和《当代英雄》中的贝拉的命运有相似之处。别林斯基把此诗归入莱蒙托夫最优秀的诗作之列。

他追求荣誉，寻找沙场，
他与你有什么共同志向？
他曾经，给过你一些钱财，
发誓说一辈子对你不变心，
他对你的温存很是喜欢——
可你的眼泪难打动他的心！

（年代不详）

不，假如我相信我的希望……①

不，假如我相信我的希望，

我便愿把美好的未来期待。

不管距离会怎样阻隔我们，

我将凭我的回忆与您同在。

纵然我在彼岸上独自徘徊，

我也会远远注视您的动向，

假如在您头顶上雷雨大作，

您一呼唤我就会来到您身旁。

（1832 年）

---

① 原诗是用纯熟的法语写的，是一首很难断定是献给谁的爱情诗。莱蒙托夫通晓法、德、英三国外语，特别精通法语。除法国文学对19 世纪俄国文学的特殊影响之外，由法国教师直接授教的家庭教育也是重要原因。在俄国文学史上用法语写诗的不乏其人，如普希金、丘特切夫、茨维塔耶娃等。

等待 ①

我在阴郁的谷地等她；

看见远处有个白色幻影，

它正慢慢地朝着我走来⋯⋯

不是！希望多容易骗人！

那是一棵老态龙钟的柳树，

在摇晃枯干而发亮的树身。

我俯下了身子久久谛听：

我仿佛听见从大道上响起

一阵轻轻的脚步的声音。

---

① 原诗是用地道的法语写成的，具有帕尔尼风格。莱蒙托夫在
1841 年 5 月 10 日给卡拉姆辛娜的信中写道："在我旅行期间诗（或
者说诗句）的恶魔控制了我。我把奥多耶夫斯基送给我的本子的一
半都写满了⋯⋯我竟然到了写法语诗的地步，多么荒唐啊！请允许
我把它们给您写在这里；它们对于初试用法语而且用帕尔尼文体写
的诗来说还是非常美的⋯⋯"

不是，那不是脚步的声息！
那是夜晚的芳香的凉风
吹得落叶在苔藓上沙沙不息。

我的心充满心酸的忧伤，
躺在了高高的茂草丛中，
渐渐进入了深沉的梦境。
突然间我醒来了，身颤心惊：
她的声音在我耳边缭绕，
她的嘴朝我的额角频频地吻。

（1841 年）

每当我看见你莞尔而笑……[①]

每当我看见你莞尔而笑，
我的心总要鲜花怒放，
我总想把心儿对我说的话
原原本本地对你讲一讲。

于是我所经历的全部生活
便将重新展现在我的眼前；
我要大声诅咒，低声祈祷，
还要偷偷哭泣，泪痕满面。

因为若没有你这个指路人，
如不见你那烈焰般的眼睛，
我的过去便好像一片虚空，

[①] 原诗是用纯正的法语写的，用的是帕尔尼情书的体裁。写给谁和哪年写都未确定。

有如在天国里没有了神灵。

后来——多离奇的怪事儿啊！——
我在自身捕捉到一个念头：
我的天使，当你迫使我痛苦，
但愿我欣逢美好的时候。

（年代不详）

啊，黄昏时傍着入睡的波浪……[①]

啊，黄昏时傍着入睡的波浪，

在海里游泳多么欢乐和凉爽。

太阳熄灭在云雾弥漫的远方，

星星点燃一盏盏夜间的灯光。

微风嬉戏在高高山丘的顶上，

不时给我们送来一阵阵花香。

啊，我们唱着歌浮游在沧海碧浪，

并在海上吹干湿发多么美妙凉爽。

是不是有谁留在大海的深渊？

月亮露出微笑映在浪的中央。

[①] 这首诗是莱蒙托夫与弗拉基米尔·亚历山德罗维奇·索洛古勃（1813—1882）合写的。第一诗节中的四、五、六、七行和第二诗节中的三、四行都出自莱蒙托夫的手笔（译文与原文是行对行译的）。此外莱蒙托夫还对索洛古勃所写的部分做了个别词的润色。

星星装饰罢了那蓝色的殿堂，

一个接一个闪耀并熄灭光亮。

我们沿海浪浮游多么快乐而欢畅，

在水中看见星星怎样颤抖和消亡。

（1839 年）

英雄诗

战争 [1]

战火燃起了，我的朋友们，

光荣的战旗正迎风飘扬；

战争像令人神往的号角，

召唤我们去复仇的沙场。

再见吧，笑语喧哗的华筵、

那交口称赞的歌调乐章、

那酒神赐予的惬意礼物、

神圣的俄罗斯和美丽的姑娘！

爱情，浮华与青春的毒剂啊，

从今往后我们就要把你遗忘，

---

[1] 此诗写于 1828—1829 年俄土战争爆发之际，诗中饱含为国争光的激情，风格上很接近 19 世纪的"骠骑兵"抒情诗。此诗与普希金的《战争》（1821 年）有相互呼应之处。

我又将自由地驰往杀敌，

再赢取那常青桂冠的奖赏！

（1829 年）

拿破仑 ①

波浪冲击着高高的海岸，

在潮湿的土内，浅浅的穴中，

不经心地树了块粗陋的纪念碑——

这里，朋友，安息着英雄拿破仑！……

宣示他的还有那孤零零的墓石、

高耸的橡树和岸边海浪的呻吟！……

子夜把那铅色的被罩

铺展在高天的穹隆之上，

---

① 在莱蒙托夫的诗创作中，可以划分出拿破仑组诗，其中又可以分两个主题：第一个主题是拿破仑及其历史命运，有《拿破仑》（1829 年）、《拿破仑》（1830 年）、《拿破仑的墓志铭》《圣赫勒拿岛》《飞船》《最后的新居》。第二个主题为俄国人民在 1812 年卫国战争中对拿破仑的胜利。有《波罗金诺战场》（1831 年）、《两个巨人》《波罗金诺》（1837 年）。这两个主题的交叉说明了诗人既把拿破仑看作自由的破坏者，又把他视为自由的捍卫者。

狄安娜① 给睡意朦胧的波涛

和静静的坟墓披上银装。

一个高尚而年轻的诗人

来到这里在墓上沉入幻想；

他竭力唤醒自己的回忆，

拿起竖琴，弹起琴弦把歌唱……

"孤独的小岛，莫非你是

盖世英雄纯洁岁月的见证人？

那刀剑莫非曾在这里铿锵过，

在这里传扬过他神圣的声音？

不，命运想从这里撵走

公民心、鲜血和战争的轰响；

而你那极美好的命运却是：

接纳流放者，把他的尸骨埋藏。

"为什么他如此把光荣追逐？

为了荣誉竟蔑视了幸福？

---

① 古罗马神话中的月亮女神。

竟同无辜的各国人民厮杀？
用铁的权杖把王冠击破？
为什么他把公民的血当儿戏，
既鄙薄友谊，也蔑视爱情，
在造物主面前不胆战心惊？

"几乎全世界的人都欢呼他，
这位致命地受制于战争的人！
一听到暴风雨般的炮弹声，
他就准备上阵——但……勇敢的军人！
造物主使你不屈的心智变糊涂了，
你在莫斯科城下吃了败仗……
你逃跑了……把你那崇高思想的
可悲印迹在遥远的大海彼岸隐藏。

"受了自谴之火的煎熬，
你在这里过早地殒命，
你安息了；在静静的清晨，
春风刚一吹拂过你的坟顶，
有个不速之客，橡林中的夜莺，

不时唱出令人神往的歌声，

歌中听得出往昔的光荣，

愉悦的声音，痛苦的声音！……

"每当白日将尽的光辉刚刚地

映射在水晶般的汹涌的波澜上，

大河两岸的渔夫们纷纷踏着

疲倦的步子走向静静的彼岸，

不熟悉地形的渔夫拖着破渔网，

默默无言地踩到那块土地上，

在那里你被人遗忘的尸骨在腐烂，

嘴里还不停地把淳朴的歌哼唱……"

……

突然！……微风起……月亮钻进乌云……

诗人沉默了，一团冷气在血管里涌现；

他被一阵隐秘的恐怖笼罩着……

琴弦断裂了……一个阴魂出现在眼前：

"快闭嘴，诗人！——快从这里滚开——

把夸奖或恶毒的指责带在身：

我反正无所谓；墓中永远是夜。

这里没有尊敬、幸福或厄运！

但愿我遥远的后代去保存，

我的激情和我的事业的历史：

我鄙夷那高声喝彩的歌颂；

我要高过赞扬、荣光和人世！……"

（1829 年）

致……①

不要说：我在人世之上，
单单受崇高事业的激励，
我只能唤醒忘却的竖琴，
对它表示我深深的情谊；
相信吧：人世间的伟大
与人们的想法截然相反。
一桩恶行你干成了——
伟人；没有成——坏蛋；
在望不到边的军队中，
拿破仑几乎成了神灵，
但败在我国的雪原上，
他便被人痛斥为狂人；

---

① 这是一首至今无从查考谁为对谈者的哲理沉思抒情诗。诗中谈到了拿破仑，内容与拿破仑组诗的其他各篇接近。诗人对世人如何评价伟人的尺度感到失望：简直是成则为王败则为寇。

他听着大海岸边的涛声，

在遥远的放逐期间丧生——

好吧，他动荡不安的结局

并没有蒙蔽我们的眼睛！……

（1830 年）

古时候有过两个骑士……①

古时候有过两个骑士，
两个亲密朋友。
他们曾多次去过锡安②，
希望燃在心头：
要随同大批军队和国王
把锡安来解救……
对那里的神圣的十字架，
用自己的旗帜盖住……

(1830 年)

---

① 这是一首未写完的短歌的开篇。
② 锡安即锡安山，在耶路撒冷。

386

雷雨横穿大海喧闹不停……①

雷雨横穿大海喧闹不停，

船舰在狂浪支配下驰骋，

平静的只有航海家一人，

额头上留着深思的印痕。

那暗淡的目光举向乌云——

无人知他到底是何许人！……

当然，他曾在人间生活，

从内心深处懂得了人生，

呼叫、哀求和缆索的声响

不能惊破他的默不作声。

（1830 年）

---

① 从主题与情思看，这首诗与《雷雨》很相近。在手稿中，它也
是列在《雷雨》之后，因此，开始都误以为两者组成一首完整的诗，
却忽略了此诗的结构不同于《雷雨》的特点：由冷眼旁观的叙述者
取代了十分投入的抒情主人公。

拿破仑 ①

当蓝蓝的迷雾弥漫在海面，

在某个时辰，昼和夜之间，

当光明不想看而黑暗想遮掩

那罪孽的思想、梦幻、秘密

和事情，是谁的幽灵和形象

在海岸之上，俯视着波浪，

站立在低垂的十字架一旁？

他不是活人，但也不是幻想：

这高高的前额，锐利的双眼，

这双臂交叉如十字架模样。

---

① 与 1829 年所写《拿破仑》不同之处在于，前一首诗中，拿破仑是个身为皇帝的英雄，而在这首诗里，拿破仑，已是英雄的阴灵。但两首诗同样富有悲剧色彩，同样具有莱蒙托夫浪漫主义主人公的特点，同样受了普希金以拿破仑为主题的诗的启迪。对于莱蒙托夫，如同对于普希金，拿破仑和拜伦都是自己时代的表达者，"即使倒下了，也是个英雄"。

波涛在他面前低语、奔腾

又折回，拍打着岸边的巉岩；

云彩，像点点轻盈的白帆，

从遥远的海上飞驰到眼前。

这位不可知的幽灵望着东方，

在那里新的一日露出晨光；

那里有法兰西！……那是它的故乡，

和也许被黑暗遮掩的光荣遗迹；

那里，在战争中飞逝了它的岁月，

啊，为什么它们就这样地完结！……

别了，荣誉！你这诓骗人的友人。

你是危险而又奇异、有力的声音；

还有帝王权杖……拿破仑把你忘了；

他虽早已死去，但他至今仍爱着

这座被抛弃在大海中的小小岛屿，

在这里，它的尸体腐烂并被蛆吃尽，

在这里，他受过折磨，远离了朋友，

蔑视他那以往昔自豪的命运，

在这里，他常常一个人站在海岸之上，

像现在一样双手交叉而独自忧伤。

啊！正如从他的脸还依稀可见
操劳受累和内心搏斗的痕迹，
他那敏捷的让弱智者吃惊的目光，
虽与激情无缘，仍饱含旧日的思虑；
这目光宛似震颤潜入了心底，
能辨认出那种种隐藏的心愿，
他还是当年的他，他依旧
戴着那顶帽子——一生的伴侣。
但，你瞧，白日在水波中一闪……
幻影不见了，岸石上空荡如前。

附近海岸上的居民曾多次
聆听渔夫们讲的动听故事，
每当暴风雨怒号和呼啸，
雷声隆隆，雷光闪耀，
那倏忽一现的电光常常照见：
一个忧伤的幽灵站在岩石间。
有个船夫，尽管十分害怕，

能辨认出那张一动不动的黑脸膛，

那戴着帽子，紧蹙眉头的额角，

那两只十字架般叉在胸前的臂膀。

（1830 年）

拿破仑的墓志铭 ①

谁也不会谴责你的阴魂，

命运的伟丈夫！你带领人们如命运压顶，

懂得高抬你的人才能把你推倒：

但伟大却是谁也改变不了。

(1830 年)

---

① 这是莱蒙托夫所写拿破仑组诗中的一首，表露了年轻的诗人对拿破仑的敬仰，这一感情为后来一些诗歌对法国历史事件的深刻评估所补充。在手稿中，这首诗是被勾掉了的。

致高加索 ①

高加索！你这辽远的疆土！

淳朴的自由精神的居处！

竟连你也惨遭种种的不幸，

被战争蹂躏，血肉模糊！……

难道说你的洞壑和峭岩，

透过那一层荒凉的帷幕，

也听得见频频受难的呼喊，

名声、黄金和锁链的合唱？

不！契尔克斯人，别指望

祖国会重度往昔的时光：

---

① 1830 年初，沙皇政府出兵高加索，对那里的许多少数民族的起义连续进行血腥的镇压，大有一口吞灭高加索之势。高加索生灵涂炭，获得自由的山民面临重入牢笼的威胁。这种形势引起了诗人的深切同情。诗人在表现征服高加索这一历史趋势时，依据的是卢梭的"在自然状态下，人人都享受'自然'、自由与平等"的思想。

从前自由神珍爱的国土，

眼看就要为自由而沦亡。

（1830 年）

高加索之晨 ①

晨曦初露。夜雾像古怪的幕，

把那林海茫茫的群山裹住；

高加索山麓仍然一片寂静，

马群无声，只闻河水淙淙。

初升的曙光出现在峭壁顶端，

射穿了乌云，顿时鲜红耀眼，

流光四溢，洒遍小溪和帐篷，

处处闪亮夺目，一派嫣红：

有如一群姑娘在树荫下沐浴，

望见一个小伙子朝他们走去，

———————————

① 这首素描式的抒情短诗，写得清新优美，富有生活情趣。青山的清晨烘托着少女的青春，旭日的红光渲染了姑娘的红晕，流露了诗人对大自然的热爱和对美的欣喜。

个个涨红了小脸，垂下双眼：

往哪儿躲？可爱的贼已不远！……

（1830 年）

致……①

"请原谅，我下定决心给您写信。

笔在我手中——墓在我面前。

还有什么话可说，那里空空的。

它所诱惑过的一切都成云烟。

在我的周围尽是些亲近的人，

他们的脸上布满怜悯的泪痕。

而我写呀写的，但不是为他们。

坟墓并不会冷却我的爱情。

但你并不知道我受的苦痛。

我觉得，这是微不足道的作品：

它不会使弥留的时刻得到慰藉。

---

① 本诗的特点是寻找一种最适合于展示抒情主人公情感状态的诗歌形式。在这一时期内，诗人非常喜欢采用抒情主人公对死的抒怀，与此同时，他还实验了另一种使主观感受客观化的体裁形式，这就是本诗所属的自白式体裁（比较长诗《忏悔》《大贵族奥尔沙》《童僧》）。为配合内容的起伏跌宕，本诗的节奏也富于跳跃性。

随它去吧，趁我还能写，我就写。

这部作品是我心爱的作品！

收下我的信吧。你会亲眼看见，

我不能强迫我的心儿沉默——

激情的权力是那样大得无边！

苦难人的信不会使你受委屈……

我生平有过许许多多经历，

在友谊上有失误，啊！请保存

我痛苦的话语，别了，我不会再激动，

别了，我的朋友"——"叶甫盖尼"，

就署了名。

（1830 年）

奥西昂的坟墓 ①

在那云遮雾障的帷幔下，
风暴的天穹下的草原深处，
在我那苏格兰的群山中，
有一座名叫奥西昂的坟墓。
我昏昏欲睡的灵魂朝它飞去，
呼吸一下那里的故乡的风，
在我凭吊这被遗忘的坟墓后，
再一次定位我自己的人生。

（1830 年）

---

① 同《弹唱诗人之歌》《拿破仑》（1829 年）、《心愿》等一样，
本诗倾诉了对莱蒙托夫的七世先祖乔治·莱蒙特及其故土苏格兰的
怀念之情。奥西昂是传说中公元 3 世纪的苏格兰人。

致……①

切莫以为我已经够可怜，

尽管如今我的话语凄然，

不！我的种种剧烈的痛楚，

只是许多更大不幸的预感。

我年轻；但心中激扬着呼声，

我是多么想要赶上拜伦：

我们有同样的心灵和苦痛，

---

① 这是莱蒙托夫早期的纲领性诗篇之一，包含了早期抒情诗中的
多种主题：在与自己格格不入的上流社会中的孤独感、对行动的渴
望、对诗人伟大使命的向往、对悲剧命运的预感等。诗人声明和拜
伦一致，意味着他在创作上也将遵循浪漫主义原则，用诗歌作武器，
为崇高的社会理想服务。此诗为谁而写还没有定论：一说写给情人，
一说写给友人，一说无具体针对性，仅是借题抒怀。后说似更合理。
此诗是诗人读完拜伦的传记后所写。

啊，但愿也会有相同的命运^①！……

如像他，我寻求忘怀和自由，
如像他，从小我的心便燃烧，
我爱那山间夕照和汹涌飞涛，
爱那人间与天国呼号的风暴。

如像他，我枉然在寻找安宁，
共同的思绪苦苦追逐着我们。
反顾过去——往事不堪回首；
遥望来日——没有一个知音！

（1830 年）

---

① 拜伦 1824 年牺牲于为希腊的自由而进行的战争，莱蒙托夫也热
望为自由而献身。

401

致树 ①

你披着一身殷勤的绿叶，
站立我面前。曾几何时，
我曾把心爱的幻想
倾诉给你的树皮树枝；
刚刚一年前在你清荫下，
有两个护身符亮光闪闪，
连比欺骗意图更小的事
在孩子心中都毫无隐瞒。

童心！啊，我也曾是孩子！——
轻柔的激情之梦飞逝了；
瞌睡的轻纱实在太薄——
顷刻之间它就被戳破了。

---

① 这是一首献给安·格·斯托雷平娜的诗。诗中表现人世年华易逝，
但诗歌灵感不朽的思想，采用以人拟物和情与灵对比的手法。

饱含我的爱情的幼树，

已经枯死，枝枯花蔫，

我真想用鲜血赎它的生命，

但如何把存在的事实改变？

难道灵感也将随这棵树

一去不复返地离世而死亡？

或者人世风浪的喧闹声，

注定要跟年轻的心较量？

不，我灵魂的力量不朽，

我的女神将永世地飞翔，

而在这坟头上的枝叶，

定使苦难的诗人圣洁高尚。

（1830 年）

弹唱诗人之歌 ①

一

第聂伯近卫部队的白发歌手，

我在异国呆了很久很久，

突然我的脑子灵机一动：

最后返回自己的部队去留守。

我回来了——背着古斯里琴——

开始把古老的歌弹唱……

但枉然！——祖国的王公

一向听从可汗的规章……

---

① 这是莱蒙托夫以诗与诗人为主题的最早诗篇之一。这类主题与
十二月党人的浪漫主义短歌相近。这人自毁诗琴，拒绝为占领自己
国家的敌人创作，这在拜伦和托马斯·莫尔的诗中都早有过。显然
尼·米·雅兹科夫的《鞑靼人统治俄国时期弹唱诗人之歌》对此诗
的形成有更大的影响。

二

我走在敌人占领过的荒原，

带着自己年迈的头颅，

我在那血迹模糊的青草上，

踏着我迈出的第一步。

一群群林中的飞鸟和野兽，

云集于被抛弃的尸骨，

因为那里被杀死的人，

比活下来的人还要多。

三

谁还能唱哪怕一支歌？

偶然间，我抬起绝望的手，

拨动那颤抖的琴弦，

便弹出了琴音悠悠。

但琴声随即便消失了，

假如镣铐之子听到这声音，

那么行将消亡的自由的呻吟，

就不会引起他耳朵的共振。

四

有人突然问起我：

"为什么我常常流眼泪，

哪里人曾这样自由地生活？

我弹奏谁？我歌唱谁？"

这席话刺进我的心里——

最后一点希望也告吹，

我把古斯里琴摔到地上，

默默地用脚将它踏碎。

（1830 年）

七月十日 ①

高傲的人们，你们奋起造反，

为了争取祖国的独立。

在你们面前又倒下了

那君主专制制度的后裔。

又升起血染的自由的旗帜，

这胜利的阴郁的标记，

它从前受光荣的钟爱，

---

① 这是诗人青少年时期反对专制制度，同情起义人民的最重要诗篇之一。虽然1830年世界还发生过许多重大事件，包括波兰起义、阿尔巴尼亚民族解放运动、高加索的山民起义等，但法国七月革命显然是这一时期最重要的历史事件。事实上它并不是开始于10日，而是27日（旧历为15日）。由于从作者手稿看来这首诗是在标出的7月15日的那首诗之后，所以本诗的诗题也不代表写作时间。有的研究家确认本诗写的是法国革命的另一个重要依据是：形容词"高傲的"一词在《一八三○年七月三十日（巴黎）》一诗中也用过。

苏沃洛夫曾是它的劲敌。

（1830 年）

哭泣吧！以色列的人民……①

哭泣吧！以色列的人民，

你们失去了自己的星辰；

它不可能再一次升起来——

国土上将笼罩一片阴沉；

然而至少说还有一个人，

他随着星辰把一切丢尽，

在山谷中没有思想、感情，

在寻找星辰足迹的阴影！……

（1830 年）

---

① 这首诗像是编入剧本《西班牙人》第三幕的《希伯来乐曲》的
初稿。他受拜伦的影响，拜伦就曾写过类似的诗篇。

诺夫哥罗德①

雪原的子孙，斯拉夫人的子孙②，

你们为什么而英勇倒卧沙场？

为了什么？……你们的暴君③快完了，

像所有的暴君那样地暴亡！……

直到如今你们的心一听到自由，

便会颤抖不停，热血沸腾！……

有个不幸的城市④；那里的人们

见到你们的英魂所向往的远景。

（1830 年）

战士之墓 ①
（沉思）

一

他很早以前就长眠地下，

他长眠地下不醒，

在他头顶上垒起了坟丘，

周围已草色青青。

二

老人头上斑白的鬈发，

已经和黄土混迹，

---

① 此诗写的是死的主题。诗人的沉思是因为当时在莫斯科猖獗一时的霍乱病而发的。莱蒙托夫一生写了多首以死为主题的诗。普希金在诗中把死写得充满由自然的循环所产生的和谐感，莱蒙托夫笔下的死神则沉浸在生的缺憾感或遗恨感之中。

412

虽然当年欢宴畅饮时，
在肩头不时扬起。

三

这头鬈发是那样洁白，
宛如悬崖边的浪花，
九泉的寒气还是头一回
封住那健谈的嘴巴。

四

死者的脸色何等苍白，
像他敌手们的面孔——
他们吓得面如土色，
当见他只身去冲锋。

五

湿润的黄土盖着胸膛，
他却不觉得难受，
蛆虫不畏行动的艰辛，
正爬过他的额头。

413

六

难道他一生的戎马生涯，
仅仅为了在黄昏后
让荒原的苍鹰低回盘旋，
云集在他的坟头？

七

纵然我们祖国的诗人
常歌颂他的威名，
但诗是诗，生命是生命，
他长眠地下不醒。

（1830 年）

414

拟拜伦 ①

朋友，别讥笑着激情的牺牲品，

我命中注定要把荆冠戴上；

她不可能永远停留我心中，

但我也不会把别人的人爱上。

像跟随囚徒的是叮当的链声，

跟随我的是关于未来的思想。

我看见一长列沉重的岁月，

人们鄙夷的坟墓在那里等你，

到达坟墓之前不存在希望，

入墓后也没有所期盼的东西，

---

① 这首爱情诗与哀歌体接近，反映了诗人对英国诗人拜伦的兴趣
及对拜伦抒情诗的迷恋。诗中可以看出拜伦一些诗，如《给友人书，
以答谢所赠劝我乐观的诗》等的折射。第三段诗还有成熟时期所
写一诗《致孩子》（1840 年）的萌芽。

尽管你仅仅为了爱才活着，
为了爱毁去一切而无悔意。

我可以忍受这冷冰冰的目光，
到那时可用同样的眼神报答。
我看见她手上抱着一个婴儿，
当着她的面我开始对他抚爱，
母亲在每次抚爱中重会认出：
时光没能带走我对他的爱！……

（1830—1831 年）

致……①

啊，不能再容忍荒淫了！

难道紫袍是恶徒们的护盾？

任凭蠢才们去对他们崇拜，

任凭别的竖琴为他们歌吟，

诗人，你别再迈步向前，

金冠——不是你的桂冠。

你最好还是像赞美自由般

---

① 这是诗人写在《诗人之死》《沉思》之前的一首出色的公民抒情诗，但诗是针对谁而写，并没有在诗题中指明，大多数研究者同意高尔基于1909年所发表的看法，认为诗是写给普希金的，因为有人认为，普希金在《斯坦司》（1826年）、《给朋友们》（1828年）、《致大臣》（1830年）等诗中表现出对专制制度的妥协。诗人受此看法的影响出于爱护向他直陈自己对他的担心。高尔基的看法是可信的：诗中所用"恶徒""紫袍""护盾""蠢才"等词都是普希金在《乡村》《自由颂》等抨击专制的诗篇中用过的，莱蒙托夫的用意一目了然。

到处夸耀你从祖国的流放；
你早早地被大自然赋予了
崇高的心灵和崇高的思想；
你见识过恶，在恶的面前
还从没有低下过你的额颜。

当暴君嚣张，死刑威胁着
生灵时，你歌唱过自由：
你在人世间一无所惧，
只向永恒的法官低头，
你歌唱过，在这个国土上，
有一个人 ① 懂得你的歌唱。

（1830—1831 年）

---

① 莱蒙托夫暗示这个人就是他自己。

悬崖上的十字架 ①

在高加索峡谷中有一座悬崖，
飞得上去的只有草原的苍鹰。
上面有个黑魆魆的木十字架，
风雨使得它腐朽并弯腰弓身。

打从在辽远的山丘上能见到它，
已逝去多少岁月而不留踪影。
它的每只手臂都朝天空擎起，
仿佛都想要捕捉天上的流云。

---

① 诗人根据前几次高加索之行的印象写成此诗，诗人洋溢着自由和与大自然融为一体的感觉，同其他以高加索为题材的作品一样，诗的末行与长诗《童僧》中的"啊，我真愿如兄弟一般，和暴风雨拥抱在一起"（第八节）等诗行相呼应。有人认为这首诗是写给苏什科娃的，因为诗的临摹本曾在与其他献给她的诗篇所在的同一纸页上被发现。

啊，假如我也能攀上那个峰顶，

我会怎样地祈祷，怎样地哭泣；

然后我便会扔掉人生的枷锁，

我还会和暴风骤雨称兄道弟！

（1830—1831 年）

圣赫勒拿岛 ①

我们对着一个孤岛致意，

拿破仑曾经常常在这里

陷入沉思，站在海岸边，

回忆他那遥远的法兰西！

大海之子啊，你的墓也在海中！

这是对那多日苦难的报复！

那罪恶的国家 ② 还不配让

伟人将生命在国内结束。

---

① 此诗系为拿破仑逝世十周年而作，诗的中心是一位被放逐的帝王，拜伦式的英雄，一种神秘的近乎超自然的现象。比起《拿破仑》（1829 年）、《拿破仑》《沉思》（1930 年）等同类主题的诗篇来，本诗显得更加成熟，更为精炼，对法兰西萌生了新的认识［参看《最后的新居》（1841 年）］。圣赫勒拿岛为大西洋南部的一个小岛，拿破仑失败后放逐在这里，1821 年死于此岛。

② 指又复辟了专制政体的法国。

作为阴郁的流放犯，背信弃义

和盲目、任性的命运的牺牲品，

他死后和生前一样无祖先和儿孙，

虽然被击败了，仍不失为英雄！

他生来就是飘忽命运的玩物，

像阵风暴打从我们眼前驰骋；

人世对他很陌生，他的一切都是谜，

他兴旺的日子，就是没落的时辰！

（1831 年）

译帕特库尔诗 ①

敌人恶毒的怀恨那是枉然，

上帝和人们的传说会评价我们；

虽然命运让我们天各一方，

但我们都为幸福和祖国荣誉斗争。

纵然我将死去……挨着昏暗的墓门，

不感到恐惧，不觉有锁链。

我的灵魂将会飞腾，越飞越高。

有如铁皮屋顶上的袅袅青烟！

（1831 年）

---

① 这首诗和《译安德烈·舍尼埃诗》等诗一样，是用译诗的名义
抒发作者的政治抱负。莱蒙托夫在这里遵循了十二月党人政治抒情
诗的传统，并暗示自己是他们的继承者。帕特库尔（1660—1707）
曾因反对瑞典对立陶宛等国的统治而被诽谤为叛国并因此而丧生，
莱蒙托夫因他"为幸福和祖国荣誉斗争"的浩气而深受感动。

抒情叙事诗 [①]

黄昏后在一间小屋里，

坐着一个斯拉夫女郎。

有如一条血红的飘带，

远天燃烧着落日的返光……

轻轻晃着摇篮里的宝宝，

斯拉夫女郎一边在哼唱……

"别哭，别哭啦，我的小乖乖！

莫不是你预感到要遭祸灾……

噢，别这样，你忧愁还太早：

我绝不会从你的身边离开。

---

① 诗人在此诗中以民歌风吟唱抗击外敌鞑靼侵略军的战斗中可歌可泣的事迹。与传统的短歌一样，此诗有戏剧性的情节，只是诗中没有加以展开，不同的是此诗所歌颂的是普通人，一位年轻的斯拉夫母亲及其丈夫。本诗带有慷慨陈词，缺乏历史、心理的具体性等浪漫主义风格特点。

倒是我准会失掉丈夫啊。
乖乖，别哭！我也快哭出来！

"你爹为了荣誉和上帝，
入伍当兵把鞑靼抗击，
他命定要踩踏血的足迹，
他的宝剑似炭火亮光熠熠。
你看，天边映得红彤彤；
鏖战正播下死亡的毒种。

"你还不懂身边的危险，
这真是叫我满心欢喜，
孩子们不会在墓地上哭泣，
不懂得羞愧，也不怕锁链；
这日子真是叫人妒羡……"
一声响，战士跨进了门槛儿。

须髭染满血，铠甲成稀烂。
"完了！"他发出一声长叹，
"完了！该死的敌寇，得意去吧！

425

我们可爱的国土遭蹂躏，
我们的利剑挡不住鞑靼人——
汗国取胜了，自己却丧生。"

他倒下了——奄奄一息，
带着浴血奋战的豪气。
妻子手里抱起了小宝宝，
俯看着父亲苍白的额头：
"瞧瞧人们是怎样死的吧，
快在女人的怀里学会报仇！……"

（1831 年）

告别①

你别走吧，年轻的列兹金人②；

干吗急着返回自己家乡？

你的马倦了，山间湿雾弥漫；

这里有着你的住所和安宁，

还有我对你的爱恋！……

难道一片朝霞给你带走了

对于两个美妙夜晚的怀想；

我无可馈赠，贫穷得很，

但上帝赐给我的这一颗心

① 这是莱蒙托夫以复仇为主题的抒情诗中的一首，富有民歌风味。年轻的列兹金人因宿仇未报而谢绝了美丽多情的姑娘的恳切挽留，英勇气概可歌可泣，但表现得委婉曲折：以姑娘的柔情衬托小伙的刚毅，比直接歌颂更富艺术感染力。

② 居住在高加索达吉斯坦的少数民族。

和你的完全相像。

你来到这里是一个阴天，
身披湿斗篷，愁容满面；
今天的阳光如此明媚灿烂，
莫不是你想永远叫这一天
对我变得阴凄暗淡；

看，四周是重重连绵的青山，
列着森严的队伍，像巨人模样，
霞光和树林就是它们的衣衫，
我们自由善良；干吗你的目光
要驰往异国他乡？

相信吧，受到爱的地方才有祖国；
你自己讲过，在家乡的谷地，
不会有亲切的笑容来迎候你：
你跟我哪怕再待上一天，一会儿吧，
听着！一会儿也可以！

"我没有祖国，也没有朋友，

除了钢刀和战马一无所有；

因你的爱我感到过幸福，

但你那夺眶而出的泪水，

却无法将我挽留。

"血战的誓言压在我的心头，

多少年来我一直到处漂流，

只要敌人还没有鲜血横流，

我便不会对任何人说声'我爱你'。

原谅我以此言相酬！"

（1832 年）

不，我不是拜伦，是另一个……①

不，我不是拜伦，是另一个
天职在肩但还无人知的诗人，
如同他，我也是尘世的逐客，
不过我有一颗俄罗斯的心。
我的生涯早始也将要早终，
我的才能不会有很大出息；
破灭的希望有如沉船残骸，
压在我浩淼似海洋的心里。

---

① 莱蒙托夫在听了他的挚友们预言他的诗才前程远大并把他比作拜伦后写下此诗，作为对他们的回答："不！我不是拜伦，是另一个天职在肩但还无人知的诗人。"和普希金、十二月党人一样，莱蒙托夫很崇敬拜伦，向往着能和他一样为自由而战，但他清醒地意识到自己作为一个俄罗斯诗人肩负的特殊重任，预感到在俄国的现实中将会遇到的特殊坎坷。诗中表现了孤独、自由、行动与功勋以及诗人的使命等主题。莱蒙托夫在形成自己的独特风格的过程中，很注意借鉴当时欧洲（首先是拜伦）的诗歌成就，这对他早期（特别是 1830—1831 年）的诗（尤其是抒情诗）产生了很大的影响。

海洋啊，阴郁沉闷的海洋，

有谁能洞悉你的种种奥秘！

谁能向人们道尽我的思绪！

是我？是上帝？谁都无能为力？

（1832 年）

我向你致敬，尚武的斯拉夫人的……①

我向你致敬，尚武的斯拉夫人的

神圣的摇篮啊！我来自异乡客地，

欣喜万分地望过你那阴郁的城墙，

几多世纪的沧桑平静地穿过这里；

那口挂在市民会议钟楼上的洪钟，

仅仅为了弘扬自由才不停地敲击，

却竟然敲出了自由在俄国的毁灭，

并且把多少高傲的心灵引向死地！……

"告诉我，它们不存在了吗，诺夫哥罗德？

---

① 此诗构思于 1832 年诗人从莫斯科去圣彼得堡途中访问诺夫哥罗德期间。如同对十二月党人作家一样，诺夫哥罗德及其喑哑了的市民会议的洪钟对于莱蒙托夫就是永远失去了的"自由"的象征。可参看《诺夫哥罗德》和长诗《最后一个自由之子》。有些评论者曾指出本诗与《诗人》（1838 年）在语言和形象上的联系。

沃尔霍夫河 ① 也不再是当年的沃尔霍夫河？

⋯⋯⋯⋯⋯"

（1832 年）

---

① 沃尔霍夫河是流经诺夫哥罗德的一条河。

当我们埋葬朋友入土的时候……①

当我们埋葬朋友入土的时候，

默默无语地一齐肃立哀悼；

惟有团队牧师口中念念有词，

秋季风雪不时在耳边呼啸，

在那圣洁的墓穴周围的上方

一顶顶军帽在雾中兀立闪光，

枪骑兵军帽和沙场厮杀过的宝剑，

都在用木板钉的棺材上安放。

许多颗心同时在胸膛里跳荡，

所有的眼睛一起朝地下凝望，

仿佛这一只只眼睛都在盼着

把交付土中的一切夺回地上。

———————————

① 此诗是悼亡诗，是献给莱蒙托夫在士官学校和禁卫军骑兵团时的同学西维尔斯的。从诗中可以看出普希金的同类诗（《十月十九日》）的影响。诗写得感情真挚，情景难辨。

泪水没无缘无故流出眼眶：
哀思已经痛断我们的肝肠。
这时一抔命定的诀别的黄土，
落到了棺木上便砰然作响。
别了，长着一对蓝眼眸的诗人，
我们的同志，你过早离开人间，
你博得的仅仅是一根木十字架，
以及我们对你的永恒的怀念！

（1833—1834 年）

垂危的角斗士 [①]

我在自己面前看见一个角斗士……

拜伦 [②]

纵情的罗马在欢腾……掌声阵阵，

庄严地响彻宽广的角斗场的上空：

而他——被打穿了胸膛——默默躺着，

双膝沾满了尘土和血，还在滑动。

模糊的眼神祈求怜悯，但已枉然：

骄横的宠臣和阿谀奉承的元老们，

---

① 诗的前半首是由拜伦的长诗《恰尔德·哈洛尔德游记》中的斗士形象改造而成，但莱蒙托夫在创作过程中加强了悲剧气氛，对罗马观众的措辞更加激烈，称"堕落的罗马"，以加重对惨无人道的法律的谴责。后半首表现了诗人对欧洲文明的失望，虽是新颖的构思，但接近于当时诞生中的斯拉夫派的观点，为保持风格上的完整，莱蒙托夫自己生前曾把它删去，未纳入自编的诗选。

② 原文为英文，引自拜伦长诗《恰尔德·哈洛尔德游记》第四章第一百四十节。

对胜负荣辱都交口称赞，同样犒赏……

权贵和观众哪管你击倒的角斗士！

像个被喝倒彩的演员他被鄙夷、遗忘……

他的血在流淌——已近弥留的时刻，

——死期将到……他心中想象的灵光

突然闪亮……多瑙河在他眼前喧响……

故乡万紫千红……这自由生活之邦；

他看见他为角斗而抛下的家人，

看见他父亲伸出了麻木的手掌。

正呼唤他在风烛残年的靠山……

看见他那些正在耍玩的爱子。

全家等着他带财宝和荣誉凯旋……

他这可怜的奴隶像头野兽倒下了，

只是供那些无情的观众片刻的玩赏……

别了，堕落的罗马，——别了，故乡……

你岂不也是那样吗，欧罗巴世界，

这曾为热情的幻想家崇拜的偶像，

在怀疑与激情的搏斗中已心力交瘁，

失去了信仰和希望——像个玩物，

把自己不光彩的脑袋垂向坟墓，

饱受狂欢的观众的嘲笑和挖苦！

你在临终之前的弥留时刻，

嘴里发出深沉的慨叹之声，

注视充满活力的明丽的青春，

为了得到豪华和罪恶的文明，

你早把那年华忘得一干二净：

为要竭力摆脱最后的苦痛，

你还在贪婪地听唱古代的歌声，

听讲那骑士时代的神奇传说——

好嘲笑的谄媚者难实现的幻梦。

（1836 年）

诗人之死 [1]

诗人倒下了，这声誉的俘虏！

使他受尽流言蜚语的中伤，

---

[1] 此诗是莱蒙托夫惊悉普希金被沙皇当局设圈套残害致死后，在悲愤交加之下所写出的。当时尼古拉一世政府对普希金之死讳莫如深，禁止提及长达二十五年之久。唯独莱蒙托夫，威武不屈，挺身而出，揭露宫廷的阴谋诡计，为普希金伸张正义，说出了压在人民心头的声音，立即被人们争相传颂，不胫而走。但宫廷权贵们非但不知罪，还继续中伤普希金。莱蒙托夫怒不可遏，奋笔疾书，又添写了最后的十六行，把抗暴的主题发展到了沸点：矛头直指沙皇的宝座。这便更加触怒了沙皇尼古拉，直接招来囚禁和流放的厄运。此诗在诗人逝世后十五年（1856年）才得以在国外的刊物上发表，足见诗人"立意在反抗"（鲁迅语）程度之激烈。此诗使莱蒙托夫一鸣惊人，把他推上了普希金和十二月党人的光荣位置，也使他重蹈普希金厄运的覆辙。但莱蒙托夫不愿辜负历史的重任，"明知山有虎，偏向虎山行"，从此直至被害致死，短短四年间，他写出了许多不朽的诗篇，以抨击尼古拉一世的专制制度。高尔基称《诗人之死》是"最强有力的俄罗斯诗篇之一"。作者一开始就很痛心地称死了的诗人是"声誉的俘虏"，显然作者在这里在声誉的概念中纳入一语双关的内涵，既指普希金所维护的祖国的声誉，也指他所维护的个人的人格尊严，意在抨击那个侮辱并谋害俄国"自由的歌手"的凶手法国流亡者丹特士。

胸饮了铅弹，渴望着复仇，

垂下了高傲的头颅身亡！……

诗人的这颗心已无法忍受

那琐碎的凌辱带来的耻辱，

他挺身对抗上流社会的舆论了，

还是单枪匹马……被杀害了！

被杀害了！……而今谁要这嚎哭、

这空洞无用的恭维的合唱、

这嘟嘟囔囔的无力的剖白！

命运已作出了它的宣判！

难道不正是你们这伙人

先磨灭他才气横溢的锋芒，

然后为了让自己取乐解闷，

把他强压心头的怒火煽旺？

好啦，你们可以高兴了……

他已受不了那最后的磨难：

熄灭了，这盏天才的明灯，

凋零了，这顶绚丽的花冠。

凶手漠然地瞄准他放枪……

此刻连搭救都没有希望：

那空虚的心平静地跳着，

他手中的枪竟没有抖颤。

这真是怪事！……命运把他

从远方抛向我们的祖邦，

让他来猎取高官厚禄，

如同千百个逃亡者那样。

他常放肆地蔑视和嘲笑

这个异国的语言和风尚。

他哪能珍惜我们的荣耀，

他怎知在这血腥的一瞬，

对准了谁举起手放枪！……

他被杀害了——被坟墓夺走，

像那位经他用妙笔赞美过的

不为人知但很可爱的诗人 ①，

就是那妒火难熄的牺牲品，

也像他在无情的手下殒命。

_____

① 指普希金诗体小说《叶甫盖尼·奥涅金》中的主人公之一连斯基，
他在决斗中被奥涅金击毙。

为什么抛却适情逸趣和淳朴友谊，

他要跨进这窒息幻想和激情的

妒贤忌能的上流社会的门坎？

为什么还同中伤他的小人握手言欢？

既然他年轻时就已能洞悉人世，

为什么听信虚情假意和花言巧语？

他们摘去他先前佩戴的花冠，

把满插月桂的荆冠给他戴上，

但一根根暗藏的棘针，

把他好端端的前额刺伤；

那帮专好嘲笑的愚妄之徒，

以窃窃的恶语玷污他弥留的时光。

他死了——空怀着雪耻的遗愿，

带着希望落空后的隐隐懊丧，

美妙的歌声从此沉寂了，

它再也不会到处传扬，

诗人的栖身之所阴森而狭小，

他的嘴角打上了封闭的印章。

你们这帮以卑鄙著称的

先人们不可一世的子孙，

把受命运奚落的残存的世族，

用奴才的脚掌恣意蹂躏！

你们，蜂拥在皇座两侧的人，

扼杀自由、天才、荣耀的刽子手，

你们藏身在法律的荫庇下，

不准许法庭和真理开口……

但堕落的宠儿啊，还有一个神的法庭！

有一位严峻的法官等候着你们，

他听不进金钱叮当的响声，

他早就看穿了你们的勾当与祸心。

到那时你们想中伤也将是枉然，

恶意诽谤再也救不了你们，

你们即使倾尽全身的污血，

也洗不尽诗人正义的血痕！

（1837 年）

波罗金诺^①

"请你说说看，大叔，是不是

咱把烧毁的莫斯科扔掉，

可没把法国佬轻饶？

不是还打过几次硬仗吗，

据说还都激烈得不得了！

难怪整个俄罗斯啊，

都把这波罗金诺日记牢！"

----

① 此诗写于 1812 年卫国战争二十五周年之际，在俄罗斯诗歌史上
开一代诗风：普通人、士兵破天荒第一次成为诗中的抒情主人公，
高昂的爱国热情的抒发，典型战斗细节的描绘，生动活泼的口语的
提炼，高大的俄罗斯人民综合形象的塑造，使此诗成为诗人创作道
路上重大转折的标志。诗人把体现在讲故事的老兵身上的俄罗斯性
格与尼古拉一世时代的年轻人进行对照，含蓄地鞭挞了世风日下的
现存政权的腐败。别林斯基认为"全诗的基本思想蕴含在第二诗段
内"。此诗用极其简约的形式包容了波罗金诺战役中日夜攻守的壮
阔场面，深刻地反映了当时的时代精神和民族精神。托尔斯泰把此
诗称作自己的巨著《战争与和平》的核心。

"是啊，我们那时候的人
和现在这辈人不同，是好汉，
不是你们这样的脓包！
他们碰上了艰难的命运，
从战场回来的没有多少……
要不是上帝有这种旨意，
哪能把莫斯科扔掉！

"我们默默地撤退了好久，
真是恼火，尽等待战斗，
于是老人们埋怨道：
  '我们干啥？回冬营睡大觉？
难道指挥官胆子这样小，
不敢用我们俄国的刺刀
挑烂敌人的军棉袄？'

"我们找到了一大片旷野，
大显身手就有地盘儿了！
我们便筑起了碉堡。
我们的人都竖起了耳朵，

等晨曦刚刚照亮大炮，
照亮了林木蓝色的树梢，
法国佬立刻就来到。

"我把火药装满了大炮，
心想：我要款待朋友了，
别忙，老弟，穆西奥①：
快打吧，还耍什么花招；
我们要像堵墙压倒敌人，
我们定要用自己的头颅
把我们祖国保卫好！

"我们对放了两天冷枪，
这种小玩意儿有啥味道！
正等着第三天来到！
到处听得见人们在说：
该弄点霰弹来轰上两炮！
这时那个血战的疆场，

———————————

① 是法语词"先生们"的音译。

446

已被夜幕笼罩。

"我在炮架旁躺下打个盹儿,
到天明耳边还能听到:
法国佬在狂呼乱叫。
但我们野营里仍旧静悄悄:
有人在洗刷打烂的军帽,
有人怒气冲冲地磨刺刀,
吹着胡子直唠叨。

"天空刚露出一点曙光,
一切顿时哗然骚动起来,
一队队刀光闪耀。
沙皇的仆人,士兵的父亲——
我们团长天生的好汉一条,
可怜他身挨一剑倒下了,
长眠在九泉下的阴曹。

"当时他目光炯炯地说道:
'弟兄们,后面不是莫斯科吗?

让我们战死在莫斯科城下吧，
像兄弟们那样把热血抛洒！'
我们誓以决死为国报效，
我们在波罗金诺的战役中，
履誓言肝胆相照。

"那天气甭提有多好！
法国佬穿过弥漫的硝烟，
像片乌云压向我们碉堡。
只见那打着花旗的枪骑兵，
那头上插着马尾的龙骑兵，
纷纷从我们眼前闪过，
一股脑儿齐来到。

"那样的会战你们可见不着！……
旌旗鬼影幢幢地西窜东跑，
炮火在浓烟中闪耀，
宝剑铿锵响，霰弹直呼啸，
战士们的手砍杀不动了，
血淋淋的尸首堆成了山，

挡住炮弹的轨道。

"那一天敌人可真是尝到了：
我们俄罗斯的骁勇战斗，
和白刃战的味道！⋯⋯
大地像我们的胸脯颤动着；
人丁和坐骑搅得不可开交，
几千门大炮一起轰鸣，
汇成了一声长嗥⋯⋯

"天已黑了。大家准备好
明早再打响战斗，
并坚持到最后一秒⋯⋯
这时战鼓咚咚地响起来，
邪教徒们便向后逃跑。
这时我们才查看伤亡，
清点伙伴剩多少。

"是啊，我们那时候的人，
个个都坚强勇敢：是好汉，

不是你们这样的脓包，

他们碰上了艰难的命运，

从战场上回来的没有多少……

若不是上帝有别的旨意，

哪能把莫斯科扔掉！"

（1837 年）

囚徒 ①

快快给我把牢门打开，
给我放进白昼的光辉，
领进那位黑眼睛的少女，
并把黑鬃毛的军马牵来！
首先让我甜甜地吻吻，
我的那位妙龄的美人，
然后跨上我那匹军马，
像阵风似的朝旷原飞奔。

---

① 这是莱蒙托夫所写监狱组诗（除此诗外，还有《囚邻》《女邻》
《被囚的骑士》等）中最早写出的一首，在他的抒情诗创作中标志
着主题深化上的一个大转折：由表现个性受禁锢深化为表现整个社
会被囚禁。此诗带有民歌的风格特征和局限性，如对解放的恳求、
对往昔自由生活的留恋等。全诗洋溢着对生活的热爱和对自由的憧
憬，抨击着沙皇对他的政治和人身的迫害。此诗和其他几首在狱中
写的诗，都是冒着犯禁的风险，用火柴棍儿蘸着酒和炉上油烟写在
面包纸上的。《囚徒》已成为俄罗斯流传最广的民歌之一。

但牢房的小窗高不可攀，
铁锁挂在沉重的门上；
黑眼睛的少女离我很远，
守在她那华美的闺房；
军马没有套着缰绳，
独自在绿原上尽情驰骋，
它快乐而又调皮地蹦跳，
舒展开尾巴任风拂动。

我孤身只影，毫无慰安：
四周只见光秃秃的高墙，
圣像前半明不灭的神灯，
放出奄奄一息的微光；
我但听得，在牢门外面，
那位默不作声的看守，
踏着整齐响亮的步子，
在夜阑人静中来回行走。

（1837 年）

452

囚邻 ①

不论你是谁，我忧郁的邻居，

我像爱少年密友那样爱你，

爱你，萍水相逢的伴侣，

虽然命运玩弄诡秘的把戏，

将我同你永远永远地隔离，

如今用高墙，日后用个谜。

每当一抹晚霞绯红的微光，

把它消逝前告别的绵绵情意，

---

① 这里既写自己的逆境，也写萍水相逢的囚邻的遭遇，还写服役长达二十五年之久的看守的乏味差使。通过三个失去自由的人，暗示满目都是囚禁的状态，对沙皇专制制度的愤怒不言自明。诗中表现了诗人对暴政的蔑视，对同遭厄运者的同情，以及对沙皇的驯服工具的嘲笑。此诗音乐性极强，别林斯基曾称赞它时说："这里，诗渐渐变成音乐。"歌声如泪喷涌，泪如歌声飘洒，视觉形象与听觉形象交织在一起，具有极强的艺术感染力。

遥遥送进牢房的铁窗，

而看守拄着叮当作响的长枪，

站在那里昏昏沉沉地瞌睡，

心中回味着往昔的时光。

我总是把额头贴近潮湿的牢墙，

我总倾听：在这阴郁的寂静里，

你的歌声在空中回荡。

我不知道这歌声唱的什么，

但它饱含着忧伤，它那声浪，

犹如泪珠，轻轻地流淌……

一切便又复苏在我的心房：

有风华岁月里的希冀和爱情，

我又海阔天空地沉入遐想，

我的心充满了激情和热望，

血液在沸腾，泪珠从眼眶往外，

仿佛歌声，轻轻地飘扬。

（1837 年）

不要嘲笑我这预感不祥的忧愁……①

不要嘲笑我这预感不祥的忧愁；

我早知命运的打击迟早会到来，

我早知我这颗受你钟爱的头颅，

定将从你的胸口转向那断头台；

我对你说过，无论幸福或荣誉，

世间都难觅；流血的时刻一到来，

我定会倒下；于是阴险的仇恨，

便会笑着玷污我施展不足的天才；

于是我定将不留痕迹地亡故；

---

① 这是莱蒙托夫诗中流传最广的诗篇之一。本诗的意境可从普希金的《安德烈·谢尼耶》（1825年）一诗得到启示。这是一个诗人对恋人的临死前的独白，很难确定成诗的具体背景，但可以认为是在《诗人之死》前不久写的。安德烈·谢尼耶（1762—1794），法国诗人，欢迎资产阶级大革命，后又激烈反对雅各宾派。谢尼耶对他的敌人罗伯斯庇尔和雅各宾派的诅咒，其内在精神正与普希金对迫害他的亚历山大一世的仇恨相呼应。

无论留自希望，或者留自痛苦；

然而我将毫无惧色地等待夭折。

我早就该看见一个崭新的世界；

任凭世人去践踏我的桂冠吧：

诗人的桂冠，这顶荆冠！……

任他们践踏吧！我可不稀罕。

（1837 年）

短剑 ①

我爱你，我的纯钢铸的宝剑，

你这明晃晃而冷冰冰的战友，

沉思的格鲁吉亚人造你想复仇，

自由的契尔克斯人磨你为恶斗。

一只百合般的纤手别离时，

当作留念物把你递我手，

你身上初次流的不是鲜血，

是痛苦的珍珠——泪水滚流。

---

① 此诗写于莱蒙托夫于 1838 年初从流放地返回北方时。在十二
月党人和年轻的普希金的诗中，短剑都是为自由而斗争的象征。
莱蒙托夫也很喜爱短剑的形象，常常把它比作人的优秀品质：高
尚、自尊、豪迈、对自由和独立的向往。此诗最初以《赠品》为题，
因为诗人主要是咏赞第一次流放中所得赠品（可能是格里鲍耶多
娃所赠），正是通过对短剑的咏唱，抒发了对高加索的爱和对山
民的同情。

一对乌黑的眼睛凝视着我，
明眸里饱含着莫测的哀愁，
恰似你的钢锋在摇曳的灯下，
时而熠熠发亮，时而暗淡昏幽。

爱情无言的信物啊，你伴我漂流，
流浪者将把你当作榜样记心头；
我一定忠贞不渝，意志坚定，
和你一样啊，我的钢铸的朋友。

（1838 年）

（致尼·伊·布哈罗夫 ①）

快，布哈罗夫，我们等着你，

丢弃那皇村夜莺的鸣啼，

在我们骠骑兵的伙伴里，

已备好你所惯用的酒器。

你的呼叫在高谈宏论里，

我们听来比夜莺还动听，

你银白的胡子和扁平烟斗，

全都让我们感觉到可亲。

我们非常珍视你的豪勇，

你的心充满火似的激情，

好像那刚刚买来的酒浆

装在了一只旧酒瓶之中。

---

① 尼·伊·布哈罗夫是莱蒙托夫的同事，是近卫军骑兵团的团长。莱蒙托夫给他写的这首信体诗，请他到圣彼得堡赴宴，诗中最后四行是从普希金《我的家谱》化用。

你是上个世纪的残骸，

在我们中只留下你一人，

你是光荣后裔中的骠骑兵，

豪华酒宴与战斗的公民。

（1838 年）

诗人 ①

我的短剑闪耀着金色的饰纹，

利刃可靠，完好无残；

钢锋至今留着锻造的妙术——

骁勇善战的东方的遗产。

它在山间多年为骑士效劳，

从不为功劳希冀酬答；

在许多胸上劈出可怖的伤口，

岂止刺穿过一副铠甲。

---

① "诗人"的主题在 19 世纪 20 至 30 年代俄国诗坛上是一个基本的主题。十二月党人认为诗人是政治斗争的积极参加者。在普希金看来，诗人的使命是"用语言点燃人们的心灵"。莱蒙托夫发扬了普希金和十二月党人的上述观点，认为诗人的使命是要在诗中提出重要的社会问题，号召人们为自由而斗争。他把诗人比作短剑，比作"市民会议塔楼上的洪钟"，并慨叹当时的诗人已丢弃了自己的使命。

逞能斗胜它比奴仆还要顺从，
听到不逊之言便铮铮作响。
当年若给它添上华美的雕饰，
定看作不伦不类的奇装。

它从捷列克河畔老爷的尸身，
移到哥萨克勇士的腰间，
然后它久久地被人弃置不用，
放在亚美尼亚人的货摊。

如今英雄的这位可怜的侣伴，
已把沙场的旧鞘丢弃，
挂在墙上成闪光的金制玩具——
唉，无害而声名狼藉！

任谁也不再用熟稔而关切的手
去把它擦洗，对它爱抚，
任谁也不在做晨祷的时候，
把它身上的题词诵读……

诗人啊，在我们世风日下的时代，
你岂不也丢弃你的使命？
从前你令人肃然起敬的感召力，
岂不也被你换成了黄金？

从前你雄劲的语言和谐和的音响，
常激励战士奔赴战场，
它对人们有用，似席上的杯盘，
像祈祷时点燃的祭香。

你的诗句如神灵曾在空中飞翔，
而你那崇高思想的回音，
有如市民会议塔楼上的洪钟，
在欢庆或遭灾之日轰鸣。

但我们听厌了你质朴而骄傲的语言，
动听的只是虚夸和欺骗；
我们这衰老的世界，如迟暮的美人，
爱把皱纹藏在胭脂下面。

受人嘲笑的先知啊，可会再苏醒？

当你听到那复仇的声音，

也许你不会再从你贴金的剑鞘里，

拔出锈满了鄙夷的剑身？……

（1838 年）

沉思 ①

我悲哀地望着我们这一代人！

我们的前途不是黯淡就是缥缈，

对人生求索而又不解有如重担，

定将压得人在碌碌无为中衰老。

我们刚跨出摇篮就足足地占有

祖先的过错和他们迟开的心窍，

---

① 莱蒙托夫在早期写了《一个土耳其人的哀怨》（1829年）、《独白》（1829年）等诗，倾泻了他对压制自由的尼古拉一世的不满。在经过了饱尝坎坷经历的九年之后，诗人又以惊人的洞察力剖析了同时代人可恼又可悲的精神状态，尖锐地抨击了造成这种怪现象的政治背景。别林斯基说："这些诗句是用鲜血写成的；它们发自被凌辱的灵魂的深处！这是一个认为缺乏内心生活比最可怕的肉体死亡还要难受千万倍的人的哀号、呻吟！""在新的一代人中间，有谁不会在它里面找到对于自己的忧郁、精神冷酷、内心空虚的解答，有谁不会用自己的哀号和呻吟去响应它呢？" 思想的深刻，感情的深沉使这首诗成为莱蒙托夫的"纲领性的诗"（别林斯基语）。研究家艾亨巴乌姆认为此诗"与其说是讽刺诗，不如说是哀歌"。此诗对同时代人及后代产生过深刻的影响。列宁在与立宪民主党人的斗争中曾引用过此诗最后两句。

人生令人厌烦，好像他人的喜筵，
如在一条平坦的茫茫旅途上奔跑。

真可耻，我们对善恶都无动于衷，
不较量，初登人生舞台就败下阵来，
我们临危怯懦，实在令人羞愧，
在权势面前却是一群可鄙的奴才。
恰似一只早熟且已干瘪的野果……
不能开胃养人，也不能悦目赏心，
在鲜花丛中像个举目无亲的异乡客，
群芳争艳的节令已是它萎落的时辰！

我们为无用的学问把心智耗尽，
却还忌妒地瞒着自己的亲朋，
不肯倾吐出内心的美好希望，
和那受怀疑嘲笑的高尚激情，
我们的嘴刚刚挨着享受之杯，
但我们未能珍惜青春的力量，
虽然怕厌腻，但从每次欢乐中，
我们总一劳永逸地吸吮琼浆。

诗歌的联翩浮想，艺术的件件珍品，
凭醉人的激情也敲不开我们的心房；
我们拼命想保住心中仅剩的感情——
被吝啬之情掩埋了的无用的宝藏。
偶尔我们也爱，偶尔我们也恨，
但无论为爱或憎都不肯作出牺牲，
每当一团烈火在血管里熊熊燃烧，
总有一股莫名的寒气主宰着心灵。
我们已厌烦祖先那豪华的欢娱，
厌烦他们那诚挚而天真的放浪；
未尝幸福和荣誉就匆匆奔向坟墓，
我们还带着嘲笑的神情频频回望。

我们这群忧郁而将被遗忘的人哪，
就将销声匿迹地从人世间走过，
没有给后世留下一点有用的思想，
没有留下一部由天才撰写的著作。
我们的子孙将以法官和公民的铁面，
用鄙夷的诗篇凌辱我们的尸骨，
他们还要像一个受了骗的儿子，

对倾家荡产的父亲尖刻地挖苦。

（1838 年）

纪念奥（多耶夫斯基）^①

一

我过去就认识他，我们俩

一起浪迹在东方的崇山之间……

我们亲密地分尝放逐的苦闷，

然而我已返回故乡的田园，

考验的时刻一个接一个过去，

他却没有盼到良辰的来临：

就在那简陋的行军帐篷里，

病魔一下夺走了他的生命，

走向坟墓时他还带走一连串

---

① 莱蒙托夫于 1837 年在高加索结识了十二月党人诗人奥多耶夫斯基。由于两人都是流放者，很快变成莫逆之交。奥多耶夫斯基因十二月党人失败而被发配到高加索这个"温暖的西伯利亚"（有不少十二月党人被流放西伯利亚，故作此联想）。诗中热情歌颂了一位怀有"对人、对新的生活的不屈信念"的贵族革命者，表达了作者对他的缅怀之情，也流露了作者的政治观点。

飘忽不定、稚气而朦胧的灵感，
落空的希望以及痛苦的抱憾！

二

他降生到世上就为这些希望、
诗歌和幸福……但他热情如狂——
过早地挣脱了他身上穿的童装，
把心儿抛进了喧嚣生活的海洋，
社会不容他，上帝也不给保全！
一直到死，他终生激动不安，
不论置身于人群或漂泊在荒原，
他心中从未熄灭感情的火焰：
他依然保存蓝色眼眸的光灿，
天真嘹亮的笑声和生动的谈吐，
对人、对新的生活的不屈信念。

三

但他已远远离开友人而死了……

我亲爱的萨沙①，愿你那颗心，

那颗已覆盖了异乡黄土的心，

沉静地安眠，一如我们的友情

也在默默无语的记忆里深藏。

你像许多人，死得无声无息，

然而矢志不移，神秘的思想

在你合上了双眼长眠之后，

依然在你的额头不停地游移；

而你在临终之前所说的话语，

没有一个听者懂得它的真谛。

四

那莫非是你向祖国的致意，

或是你对活着的友人的呼唤，

要不就是因为夭折而哀伤，

或只是病近垂危发出的呼喊——

有谁能告诉我们？你那遗言的

深不可测而令人痛心的含义，

---

① 萨沙是阿列克赛（奥多耶夫斯基之名）的爱称。

就此失传了……你的事业、见地、
思想——一切就此消逝无迹，
一如那轻烟一般的朵朵夕云：
刚一闪亮，风又把它吹散——
来去行踪和原因有谁来问津……

五

夕云消失在蓝天后踪影全无，
如孩子青梅竹马后不留痕迹，
又似他心底秘而不宣的理想，
未诉诸缠绵的友情即成泡影……
这又有何妨！任凭尘世忘却
你这个与尘世格格不入的人，
你何需他那顶关怀备至的桂冠，
又管它什么无聊中伤的荆针！
你不曾为尘世效劳，从年轻时起
你就屏弃了他那阴险的锁链：
你爱喧腾的大海和不语的草原——

六

还有那寒山起伏不定的峰峦……
在你那座无人凭吊的坟墓旁，
命运之神如此奇妙地编织了
生前你所曾喜爱的千种风光。
不语的草原闪着蓝色的光辉，
高加索环抱着它，像一顶银冠，
它在大海上皱起眉悄悄打盹，
宛如一个头靠着盾牌的巨人，
在倾听汹涌的波涛讲述故事，
而黑海正在无尽无休地喧腾。

（1839 年）

被囚的骑士 ①

我默坐在牢房的铁窗前，
从这里我可以望见蓝天：
自由的鸟儿在天空飞翔，
望着它们我痛心又羞惭。

我嘴边没有悔罪的祷告，
也没有赞美恋人的歌声，
我只记得那往昔的战斗，
那重剑一柄和铁甲一身。

我如今被套上石砌的铠甲，

---

① 本篇系诗人因与巴朗特决斗而被囚禁于狱中时所写。诗中用了
一连串精巧的比喻描述了被囚者的悲惨命运。他自比全身套上铠甲
的骑士，跨上时间的战马直奔死亡的终点。这是诗人在新的流放前
的预感在艺术上的再现。

石凿的头盔把我头顶紧压，
盾牌有挡剑避箭的魔法，
战马奔跑，没有人能驾驭它。

飞逝的时间——不变心的战马，
头盔的脸甲——牢门的栅栏，
石头的铠甲——高高的四壁，
我的盾牌——铁牢门两扇。

飞逝的时间，快快奔跑吧，
在新的盔甲下我闷得可怕！
到达后死神就托住我马镫；
我下马他就要摘除我脸甲。

（1840 年）

遗言 ①

老兄，我真想跟你

单独地叙上一叙，

人们说在这世上，

我已经活不久长；

我很快就要回家；

你可别……唉，算了吧！

说实在的，对我的命运，

谁也不会来操心。

------

① 这是莱蒙托夫抒情诗的典范作品之一。一个行将离开人世的亚美尼亚下级军官对着自己的战友诉说了临终前的遗言。在这个普通人身上，民族性格的特征清晰可辨。他爱国、爱家乡、忠于职守，但为姑娘的负心所折磨。心灵空虚的姑娘的形象在这里具有象征意义，综合地反映了世态炎凉、人情冷暖和重利轻义等社会弊端，预示着幸福的幻灭。此诗表明诗人的风格已由典雅向质朴转变，使抒情主人公的思想容量显著增大。语言平易如散文，但意境高远，具有浓郁的诗情。"是对生活及其一切迷惑的一曲挽歌"（别林斯基语）。

假如有人要问……
不管他是什么人，
告诉他我受了伤，
子弹打穿我胸膛，
说我已为沙皇献身，
我们的医生可不行，
说我要向故里
请你代致敬意。

你未必能再见到
我的父亲和母亲……
说真的，我得承认，
我不忍叫他们伤心，
他们俩若有谁还活着，
告诉他我懒得写信，
我们的队伍已出征，
叫他们别把我苦等。

邻居有个姑娘……
想起来，我和她

一别多年了！她不会
问起我……反正都一样，
告诉她全部真情，
别顾惜她那颗空虚的心；
就让她哭一场去吧……
这对她没什么要紧！

（1840 年）

最后的新居 ①

正当法兰西在掌声和欢呼中

迎接那位惨遭囚禁和放逐、

早已在无言的痛苦中死去的

亡人的寒冷的尸骨，

正当全世界用殷勤的夸赞

对他迟到的悔悟激情加冕，

而那自鸣得意的世俗之徒们

忘掉过去而得意洋洋——

我抑制不住自己的愤慨和感触，

恍悟这类庄严欢快的关怀的虚情，

---

① 和《诗人之死》《垂危的角斗士》等诗一样，这首诗属于诗人成熟时期形成的新的混合诗体，哲学、历史的沉思、政治的猛烈抨击和雄辩的颂歌融为一体。诗中两个主题就是诗人终生思考的两个问题，法兰西的革命和拿破仑的命运用一系列对比来展现：法兰西——七月君主政体时代的法兰西；法国人——拿破仑；天才——俗众；法兰西——俄罗斯。

情不自禁地想对这伟大的百姓说：

你们是可怜而无聊的百姓！

你们很可怜，因为信仰、荣誉、天才，

人间所有伟大、神圣的一切、一切，

都遭到你们饱含稚气的怀疑的

愚蠢嘲笑的践踏和轻蔑。

你们用荣誉制成了伪善的玩具，

你们用自由做就刽子手的屠刀，

你们用它从肩上砍下父辈们的

一切珍爱的信仰之宝，——

你们行将死亡……他目光逼人地来了，

他受到了神的指示的表彰，

从而被普遍地评判确认为领袖，

你们的生命融合在他身上，——

你们在他的强国的荫庇下重又顽固，

那颤栗的世界便在无言中注视

他亲身给你们穿上了这一身

强大与光荣的美妙法衣。

这位白头卫兵之父，传闻的爱子，

只身走遍世界，冷漠但初衷不变：

在埃及的原野，在恭顺的维也纳城下，
在大火熊熊的莫斯科雪原！

而当他在异国的田野即将高傲地死去，
请问你们此时在干什么勾当？
你们在暗中磨砺着你们的匕首，
摇撼被他选择的政权像释负那样。
在那最后的战斗、绝望的努力中，
惊恐得连自己的耻辱都不明白，
你们像薄情的女子竟背弃了他
像一群奴才，竟把他出卖！
被剥夺了公民的权利和地位，
他自己摘下被砸碎的冠冕并抛扔，
他把亲生的儿子留给你们当人质——
你们却把他交给了敌人！
于是，被他们套上沉重的耻辱之链，
英雄被他们从哀哭的卫兵身边抬开，
而在异国的悬崖上，碧蓝的大海外，
他孤零零地消失了，被人忘怀——
孤零零地受无用的复仇的折磨，

满怀无言而高傲的哀伤，

像个列兵，他身穿行军外套，

被卖身投靠的手所埋葬。

但岁月流逝了，轻狂的子孙

却在叫嚷："交给我们这神圣的尸骨！

它是我们的；我们要把他这颗丰收之种

掩埋在他所拯救的高墙深处！"

他便返回自己的祖国；像过去一样，

人们在他周围熙攘奔忙，

而在喧闹的首都，朝那华丽的墓穴

把他的残骸移葬。

愿望终于完满地实现了！

这些曾经在他面前战栗过的人群，

用另一种狂喜取代了这短短的欣喜，

践踏它时还带着自得的笑容。

我感到忧伤，当一想到，

在那个曾在自己的荒野困境，

几度春秋如此苦苦等待平静与梦的

人周围，如今已打破神圣的寂静！

假如领袖的幽灵飞驰而来，

与安放他尸骨的新坟相会，

他一见到此情此景，

将会如何愤愤不平！

他在悲哀折磨之余，将深情地怀想起

遥远异国天穹下那个暑热的孤岛来！

在那里，守卫他的是和他一样

伟大而不可战胜的大海！

（1841 年）